Rosina ou Annetta ?

Titre original
Rosina, poi Annetta

© 2004 RCS Libri S.p.A., Milano
© Éditions Flammarion pour la traduction française, 2006.
87, quai Panhard et Levassor – 75647 Paris Cedex 13

BEATRICE SOLINAS DONGHI

ROSINA OU ANNETTA ?

*Traduit de l'italien
par Faustina Fiore*

Castor Poche Flammarion

1. Quand il arriva ce qui arriva

C'était une belle journée de printemps, comme on dit dans les rédactions. À neuf ans, elle en avait déjà fait plusieurs qui commençaient plus ou moins comme cela. C'était un froid matin d'hiver... C'était une pluvieuse journée d'automne...

Il n'empêche que c'était réellement une belle journée de printemps. Un bel après-midi, pour être précis : si ça s'était produit le matin, Rosina aurait été attablée devant son banc, dans sa petite école*.

Grand-mère n'appréciait pas tellement

---

* En Italie, encore aujourd'hui, les enfants ne vont à l'école primaire que le matin. (Toutes les notes sont de la traductrice.)

l'école du village. (En fait, ce n'était plus vraiment un village, cela faisait désormais partie de la grande banlieue d'une ville, mais les habitants l'appelaient encore comme autrefois.) Elle disait qu'il s'y trouvait bien trop de petites filles mal élevées. D'autres, plus sages, étaient « tellement quelconques, les pauvres ». Grand-mère était une grande dame, tout le monde s'accordait sur ce point, et on pouvait compter sur elle pour remarquer immédiatement ce genre de choses.

— *E se mi to-occano, dov'è il mio debole...*

La voix de grand-mère montait du jardin où elle était en train de s'occuper de ses plantes chéries, sur la plate-bande près de la fontaine. Le jardin était petit, mais il était couvert de fleurs : des mignonnettes, des fuchsias qui ressemblaient à des danseuses en tutu rouge et gilet violet, des roses, des marguerites...

— *Una vi-iii-pera sarò !* chantait grand-mère d'un ton décidé.

Ce n'était pas elle qui manifestait l'intention de devenir méchante comme une vipère, c'était le personnage d'un opéra — une certaine Rosina. Petite, Rosina croyait que c'était en son honneur qu'on l'avait prénommée ainsi, alors qu'en réalité on lui avait tout simplement attribué le nom de la sœur de grand-mère, Rosa, qui habitait en Argentine.

« Cui, cuuuiii, cui-cui ! » gazouillaient Pippetto et Clementina, les canaris, dans la grande cage accrochée sous la fenêtre dans l'entrée. Rosina leur lança un « bonjour ! » avant de s'enfermer dans les toilettes. Les pépiements et le chant s'évanouirent.

— Je vais au petit coin, grand-mère, avait-elle averti.

C'était la formule consacrée.

— Je reviens tout de suite.

En réalité, elle n'en sortit pas vraiment tout de suite. Palmira, la bonne, se lamentait souvent de la voir passer tant de temps aux toilettes : il lui arrivait parfois d'y rester une bonne demi-heure, surtout quand elle emportait un recueil de contes sous le bras. Palmira n'étant pas là, Rosina pouvait prendre tout son temps et s'amuser à regarder le mur où s'étalaient des taches de lumière colorées. C'était le soleil qui les y dessinait en passant à travers les petits carreaux jaunes, bleus et roses de la fenêtre.

— ... Anne, ma sœur Anne, ne vois-tu rien venir ?

Elle avait oublié d'apporter son livre, mais cela ne l'empêchait pas de se raconter des histoires à voix haute. Et la fenêtre à laquelle s'affichait avec angoisse la belle-sœur de Barbe-Bleue dans l'espoir de voir enfin arriver ses frères devait être aussi étroite et haute que celle-ci.

Quand elle sortit des toilettes, Pippetto et Clementina gazouillaient toujours aussi gaiement. En revanche, grand-mère avait cessé de chanter. Le jardin était silencieux. On n'entendait pas même les toc que faisait la pelle en cognant contre des cailloux, ni ce soupir de soulagement que poussait grand-mère lorsqu'elle se redressait après avoir bêché avec acharnement.

Rosina regarda près de la fontaine. Elle vit sa propre dînette abandonnée sur le banc de pierre qui lui servait de table ou de comptoir de magasin, selon les cas. Mais grand-mère n'était pas là.

Elle la vit seulement en s'approchant. Grand-mère n'était plus debout, ni courbée vers la plate-bande, ni même assise sur le tabouret qu'elle emmenait souvent avec elle pour travailler plus commodément. Elle était allongée sur les dalles de pierre qui entouraient la fontaine. L'une de ses jambes faisait un angle bizarre sous la robe à rayures blanches et bleues. Elle était totalement immobile. Même ses mains ne bougeaient pas, ces mains toujours en mouvement, occupées à manier la bêche, ou l'aiguille à coudre, ou un paquet de cartes pour faire un solitaire, ou une cuillère en bois pour faire une sauce Béchamel...

— Grand-mère ! cria Rosina.

Le cœur battant, elle chercha des traces de sang sur les dalles, mais il n'y en avait pas. En revanche, la figure de la vieille dame était jaune, plus jaune que le chapeau de paille qui lui faisait une sorte d'auréole autour du visage.

— Grand-mère !

Rien. Elle ne répondait pas, elle ne bougeait pas. Elle était peut-être évanouie. Ou bien...

Non, ou bien rien du tout ! Les lèvres blanches venaient de frémir, elles semblaient vouloir dire quelque chose. Les paupières battirent deux ou trois fois avant de s'ouvrir et de laisser passer un regard bleu, le regard de quelqu'un qui se demande ce qui s'est passé et qui est même un peu agacé de ne pas le savoir.

— Oh, grand-mère, tu m'as fait peur ! Tu m'as vraiment fait très peur ! Tu es tombée ? Tu t'es fait mal ?

Sur les lèvres blanches se dessinait à présent la moue qui signifiait « que de paroles inutiles ». La vieille dame commença à tâtonner avec les mains sur les dalles pour se redresser, mais elle poussa un « aïe » de surprise et de protestation et s'aplatit à nouveau sur le sol. La douleur devait être plus forte qu'elle ne s'y attendait.

— Palmira, réclama-t-elle d'une voix faible et rauque, presque méconnaissable.

— Elle n'est pas là, Palmira. Tu sais bien qu'elle est allée faire les courses.

— Appelle-la, dit-elle laconiquement.

Elle fit une pause, respirant difficilement, avant d'ajouter :

— Chez Lilli. Ou Tecla.

Lilli, qui en réalité s'appelait Paolo, était le boulanger. Tecla était l'épicière.

— J'y vais ! Tout de suite !

Une main, encore enveloppée d'un gant de jardinage que personne n'avait songé à retirer, se leva de quelques centimètres, lui faisant signe d'attendre.

— Le docteur, ordonna encore la voix de grand-mère, déjà un peu moins faible, peut-être grâce à la confiance qu'elle avait en ce dernier. Va le chercher.

Les yeux se fermèrent. La discussion était terminée.

« Aller le chercher, aller le chercher, c'est facile à dire ! » pensait Rosina en descendant au pas de course la rue entre les deux rangées de maisons agrémentées de jardins ou de tonnelles. « Et où est-ce que je vais le trouver, moi ? »

Le Dr Rastelli soignait tout le monde, même ceux qui ne pouvaient pas le payer ; du coup, il n'était jamais chez lui. On le voyait souvent avancer d'un pas vif dans ses chaussures de toile, la barbe noire au vent. Et quand il n'y avait pas de vent, il le créait lui-même par la rapidité de son allure.

La rue descendait ; c'était un ancien sentier pour mulets, dont les côtés étaient recouverts de galets qui faisaient mal aux pieds. Rosina choisit plutôt de courir au milieu de la rue, sur les pavés plats. Elle se rendit compte que, dans sa hâte, elle était sortie sans rien se mettre sur la tête, pas même le petit chapeau de toile qu'elle devait porter en été. Tant pis. Elle n'allait pas revenir en arrière pour ça.

En un instant elle fut presque en bas. Elle voyait déjà la petite place où se trouvaient les magasins, l'église, et la rue qui menait à l'école. Elle n'eut pas besoin d'aller jusque-là : Palmira venait à sa rencontre, les bras chargés de sacs. Rosina freina juste à temps pour ne pas lui rentrer dedans.

— Palmira ! Heureusement que tu es là !

Le large visage couvert de taches couleur café de la bonne lui semblait à ce moment-là la plus belle chose du monde. Elle l'attrapa par le gilet :

— Viens vite. Grand-mère est tombée dans le jardin. Sur les dalles, ajouta-t-elle solennellement pour donner une idée de la gravité de l'événement.

Elle y réussit fort bien.

— JésusMarieJoseph ! s'écria Palmira épouvantée, en posant les sacs par terre pour lever les mains au ciel.

Elle prononçait toujours cette exclamation comme cela, en un seul mot.

— Mais comment c'est arrivé ?

— Je ne sais pas. J'étais à l'intérieur, je n'ai pas vu ce qui s'est passé.

— Mais tu sais au moins si elle s'est fait mal ?

— Je pense que oui. Elle a une jambe toute de travers.

— JésusMarieJoseph ! Elle a dû se la casser !

— Je pense que oui, répéta Rosina qui frémissait d'impatience. Mais viens vite, elle m'a dit de t'appeler. Dépêche-toi !

Palmira reprit ses sacs et se mit à grimper péniblement la pente. Elle avait le torse et les bras maigres, mais le derrière bien rebondi, ce qui lui donnait un peu la démarche d'un canard. Soudain, elle s'arrêta et s'exclama :

— Baciccia !

Baciccia était l'homme que grand-mère envoyait chercher quand il fallait détruire un nid de guêpes ou tailler les pruniers du jardin, ce genre de travaux.

— Il était sur la place, je l'ai vu. Sois gentille, Ninìn, toi qui as de bonnes jambes, va le chercher, dis-lui de venir tout de suite. On pourrait avoir besoin de lui.

Ninìn, c'est-à-dire Rosina, poussa à son tour un cri. S'entendre envoyer chercher quelqu'un lui avait rappelé l'autre personne qu'elle était censée ramener.

— Le docteur ! Grand-mère m'a demandé d'appeler le docteur !

— Tu ne pouvais pas le dire tout de suite ? Va savoir où il est, le docteur, en ce moment ! Écoute, pendant que tu y es, fais le tour des magasins et raconte ce qui est arrivé, pour qu'on nous l'envoie le plus vite possible.

C'était souvent comme cela que l'on procédait quand on avait besoin de lui. On allait le dire à droite et à gauche ; la rumeur courait ; parfois on allait voir quelqu'un qui avait le téléphone, ou alors on envoyait un garçon débrouillard porter un message ; et tôt ou tard, le docteur finissait par arriver.

En attendant, les sacs étaient de nouveau par terre. Rosina se mit à piétiner sur place.

— D'accord, j'y vais, mais toi, va vite voir grand-mère, on ne peut pas la laisser seule ! Elle n'était pas bien, elle avait la figure toute jaune, dépêche-toi ! recommanda-t-elle en tournant le dos à Palmira et en reprenant sa course vers la place.

Elle trouva rapidement Baciccia, qui se tenait sur le seuil de la porte du marchand de vin : c'était un gros bonhomme que l'on voyait de loin. Pour le docteur, on fit appel à Tecla, qui, après quelques exclamations indispensables (« Oh, la pauvre dame ! Il ne manquait plus que ça ! Elle en voit de toutes les couleurs, vraiment ! »), annonça qu'il était probablement dans le quartier du Monte, où une épidémie de rougeole s'était déclarée peu auparavant. Tous les jours, le docteur se rendait auprès des enfants malades et vérifiait s'il n'y en avait pas d'autres. Le garçon boulanger fut envoyé le prévenir, et Rosina put enfin retourner vers chez elle, main dans la main avec un Baciccia qui la tirait pour la faire accélérer.

Ils arrivèrent quelques minutes après Palmira à qui sa maîtresse était encore en train de raconter faiblement qu'elle avait trébuché sur le tabouret. Palmira avait tout de même eu le temps de remplacer l'auréole ridicule du chapeau de paille par un coussin, et de recouvrir le corps allongé avec une veste. Elle s'en prit à Rosina qui n'y avait pas pensé.

— Alors toi, tu n'as rien trouvé de mieux que de la laisser par terre sans même lui jeter un vêtement dessus ! Tu ne sais pas que les blessés ont toujours froid ?

— Non, je ne savais pas.

Mais Palmira n'écoutait déjà plus. Elle s'était tournée vers Baciccia.

— Heureusement que vous êtes arrivé ! À nous deux, nous pouvons la porter sur le lit, elle sera mieux.

— Vous êtes sûre que c'est une bonne idée ? demanda l'homme, hésitant. Et si elle s'est cassé quelque chose ?

— Vous ne voulez quand même pas la laisser par terre ? Elle est légère comme tout, ça nous prendra juste une minute.

Baciccia se laissa convaincre. Il prit grand-mère par les épaules pendant que Palmira se penchait vers ses jambes. Rosina entendit la vieille dame protester avec angoisse :

— Non ! Ne vous inquiétez pas, Madame, nous en avons pour une minute, affirma Palmira. Elle s'adressa à Baciccia sur le même ton sans réplique :

— Allez, soulevons-la.

Grand-mère poussa un gémissement aigu qui donnait la chair de poule, et s'évanouit. Sa figure n'était plus jaune, mais presque verdâtre.

Rosina se mit à pleurer. Pour la ménager, Palmira l'envoya à la cuisine prendre son goûter. En fait, Rosina était déjà plus que secouée, mais elle obéit sans discuter. Avant de refermer la porte, elle entendit encore les trilles de Pippetto et Clementina dans leur cage. En revanche, on n'entendait plus grand-mère. Peut-être que c'était mieux ainsi : si elle restait évanouie suffisamment longtemps, Baciccia et Palmira auraient le temps de la mettre au lit sans qu'elle souffre trop. C'était toujours ça de gagné.

La grosse horloge au-dessus de la cuisinière indiquait que l'heure du goûter était déjà passée depuis un bon moment. Rosina essuya ses larmes et commença à tournicoter entre la table en marbre et le buffet vernis. Elle savait où était le pain, mais Palmira avait caché les couteaux, donc impossible de s'en couper une tranche. Et de toute façon, où étaient la confiture ou le saucisson à mettre dessus ?

Décidément, elle avait la tête ailleurs. Elle se souvint soudain que grand-mère avait préparé une crème dessert pour le dîner et la trouva derrière la moustiquaire métallique qui protégeait le garde-manger. Après en avoir mangé une bonne portion à l'aide d'une cuillère à soupe — elle n'avait pas réussi à mettre la main sur les petites cuillères —, elle se sentit mieux.

La sonnette de la porte d'entrée avait déjà retenti une fois, mais en entrouvrant la porte pour entendre ce qui se passait Rosina avait reconnu les voix de deux voisines. La nouvelle de l'accident s'était répandue, et ces dames étaient venues offrir leur aide... ou tâcher d'en savoir davantage. Quant au docteur, il n'avait pas encore fait son apparition.

Un long laps de temps s'écoula, que Rosina employa à faire les cent pas dans la cuisine. Enfin, on entendit un coup de sonnette énergique. Cette fois, ça ne pouvait être que lui !

Rosina avait un peu peur du docteur, de sa grosse barbe, et de ce doigt dur et impatient qu'il lui appuyait sur le ventre quand elle était malade :

— Tu as mal, ici ? Et là ?

(« Oui, j'ai mal là où vous avez appuyé si fort », avait répondu Rosina une fois, sans la moindre intention de se montrer impertinente.) Elle attendit encore un peu avant de se décider à monter l'escalier.

Elle n'eut pas besoin de gravir beaucoup de marches pour reconnaître sa voix. Le Dr Rastelli faisait partie de ces gens qui, quand ils sont en colère, n'en font pas mystère ; en l'occurrence, il semblait absolument furieux.

— Mais qu'est-ce qui vous a pris de la transporter dans cet état-là ? tonnait-il. Ne me dites pas que vous ne vous êtes pas rendu compte qu'elle s'était fait une fracture ! Il suffisait d'un peu de bon sens pour comprendre qu'il ne fallait pas la toucher même du bout du doigt ! Mais vous, le bon sens, vous ne savez pas ce que c'est, hein ? Et vous la manipulez comme ci et comme ça, en vous fichant royalement des conséquences ! Est-ce que vous savez à quel point vous avez empiré les choses avec votre initiative stupide ? Ce n'est même pas de l'inconscience, ça, c'est de la bêtise !

Entre deux cris, on entendait Palmira balbutier, en larmes. De temps en temps intervenait une autre voix féminine : l'une des deux voisines, sans aucun doute. Baciccia, comme l'autre dame, devait déjà avoir pris le large — tant mieux pour lui !

— Il faut l'amener à l'hôpital, déclara le docteur. Heureusement qu'il n'est pas loin. Le docteur qui va s'occuper d'elle est un ami à moi. Il vaut mieux se passer de l'ambulance à moteur, elle souffrirait trop sur ces petites routes mal pavées. Je vais tout de suite aller chez moi téléphoner pour qu'on nous envoie une civière. Les brancardiers savent comment transporter les gens sans empirer les choses, eux.

Il s'était un peu calmé, mais il aperçut soudain Rosina sur le seuil de la porte et s'énerva à nouveau.

— Et qu'est-ce qu'elle fait ici, cette gamine ? Je croyais que par miracle quelqu'un avait eu l'idée de la confier à une voisine ! Mais non, c'était trop espérer ! Nom d'un chien, vous pensez à quoi ?

La voisine s'avança vers Rosina, un sourire rassurant aux lèvres. C'était la mère de son ami Giampiero — si l'on pouvait qualifier d'ami ce garçon assez déplaisant qui parlait du nez.

— Rosina peut venir avec moi, annonça la dame. Palmira viendra la chercher quand elle aura le temps. Non, non, ça ne me dérange pas du tout, je vous assure ! Il faut bien s'entraider, pas vrai ?

Avant d'être emmenée, Rosina eut le temps de voir un bras se dresser au-dessus du lit. C'était le salut de grand-mère. Ou son dernier adieu ?

Elle chassa bien vite cette idée absurde de son esprit.

Dans le jardin de Giampiero, il y avait un bassin avec des poissons rouges. Les deux enfants jouèrent autour du bassin, à côté de la barrière. Giampiero avait réussi à attraper un lézard avec un petit lasso en brin d'herbe, et il s'amusait à le promener, comme un chien tenu en laisse.

— Mais laisse-le tranquille ! dit Rosina, nerveuse.

Elle ne quittait pas le portail des yeux, et put ainsi voir deux brancardiers monter la rue. Mais avant qu'ils ne reparaissent, la mère de Giampiero les appela :

— Venez les enfants, il commence à faire froid. Rentrez.

Elle ne dit rien au sujet du lézard. Elle était habituée aux jeux de son fils. Mais elle ne dit rien non plus lorsque Rosina s'approcha brusquement et donna par-dessous une tape dans la main de Giampiero. Brin d'herbe et lézard volèrent dans les airs ; l'animal atterrit sur ses quatre pattes et fila ventre à terre.

— Vilaine ! protesta le garçon.

— Et toi tu es vilain avec les animaux !

La dame continua à faire semblant de ne rien avoir remarqué. Elle n'avait envie de gronder ni son fils ni leur invitée.

— Ne t'inquiète pas au sujet de ta grand-mère, dit-elle à Rosina. À l'hôpital, on la soignera beaucoup mieux qu'elle ne pourrait l'être à la maison.

Donc elle allait guérir ! Rosina, soulagée, poussa un grand soupir. La peur ou même l'ombre de la peur de perdre sa grand-mère avait suffi à la faire se sentir orpheline.

2. Quand rien n'était encore arrivé...

En fait, Rosina était orpheline, comme une héroïne de roman, mais elle ne s'en était pour ainsi dire jamais rendu compte. Grâce à Teresa, sa grand-mère, ses parents ne lui avaient jamais manqué.

Le prêtre lui avait expliqué que sa maman était au paradis. Palmira le confirmait, avec désolation. Quand elle en parlait, elle prenait la petite main de Rosina entre ses grosses mains rugueuses et couvertes d'engelures et poussait de profonds soupirs.

Grand-mère, elle, parlait de sa fille sans tristesse et même avec une certaine gaieté. Elle racontait que ç'avait été une gamine vive, joyeuse, qui sautait inlassablement à la corde, qui faisait avancer son cerceau si vite qu'elle semait toutes ses camarades, et qui grimpait aux arbres aussi bien sinon mieux que certains garçons. Dans ce genre de passe-temps, elle perdait souvent le ruban avec lequel on lui attachait les cheveux : ses cheveux blonds, longs jusqu'aux épaules, étaient si lisses ! (« Un ange ! disait Palmira. On aurait dit un ange ! »)

Grand-mère refaisait volontiers les dialogues à deux voix qui avaient eu lieu tant d'années auparavant :

— On peut savoir ce qui est arrivé à ton ruban, cette fois-ci ? Il est tombé dans un fossé. Je ne l'ai pas ramassé, il était tout sale, et de toute façon il était violet !

Elle détestait le violet.

Rosina riait. Elle savait à quel point il est facile de perdre un ruban. Ses cheveux aussi étaient lisses, mais courts. Quand on l'emmenait à l'école, ou faire des courses, on lui mettait une barrette en forme de papillon. Un peu sur le côté, comme si le papillon s'était posé là par hasard ; et par-dessus, elle portait son petit chapeau de toile, ou son gros bonnet de laine à pompon, selon la saison.

À force d'entendre les récits de grand-mère, il lui arrivait d'imaginer sa mère comme une compagne de jeu, ou tout au plus une sœur aînée. Mais elle ne lui ressemblait pas. Tout le monde s'accordait à la trouver sage et tranquille, avec son visage rond, son petit nez retroussé, ses grands yeux bleus rêveurs.

— Avec toi, au moins, je ne me fais pas un sang d'encre, disait grand-mère. Tu es une enfant de tout repos.

Rosina savait qu'il s'agissait d'un compliment, mais elle aurait peut-être préféré être une petite fille courageuse et aventureuse qui saute par-dessus les fossés et grimpe aux arbres, comme sa maman. D'un autre côté, il valait certainement mieux ne pas trop donner de soucis à grand-mère. Elle en avait déjà bien assez comme ça.

Et en premier lieu, l'argent. « La vie était chère », disait-on : après la guerre, les prix avaient énormément augmenté, même ceux des choses les plus nécessaires comme le pain, les pommes de terre, le charbon qui alimentait le four et le poêle, les légumes pour la soupe. Grand-mère, qui vivait autrefois en grande dame, avait dû apprendre à se restreindre. (Rosina, qui croyait que cela voulait dire « rétrécir », regardait la vieille dame avec inquiétude : elle était déjà bien assez menue comme ça !) C'était pour cela qu'elle ne s'était pas encore décidée à l'inscrire à l'institut des Ursulines. Certes, ce genre d'école offrait un environnement plus convenable, mais cela coûtait cher, expliquait-elle. Plus tard, on verrait comment la faire continuer ses études de la meilleure manière possible. Pour l'instant...

Grand-mère levait les épaules, et Rosina en déduisait avec soulagement que, pour le moment, rien n'allait changer. Son école, sa maîtresse et ses camarades lui plaisaient — même celles qui n'étaient pas « convenables ».

Ceci convenait, pas cela : c'était ainsi que grand-mère distinguait ce qui pouvait aller ou non pour sa petite-fille, un livre, une robe, une amitié. Giampiero, par exemple, convenait, car sa mère était une dame comme il faut. Le fait que Rosina et lui ne s'entendaient pas très bien et se disputaient souvent n'avait pas tellement d'importance.

En revanche, Gigetta ne convenait pas. C'était la fille du charretier qui, tous les matins à l'aube, portait les légumes des potagers au marché de la ville. Il fallait bien admettre que Gigetta avait souvent un bas tiré et l'autre sur les chevilles, et que ses notes en hygiène et propreté étaient loin d'être excellentes. Mais elle n'avait pas son pareil quand il s'agissait de jouer à chat ou à la marelle, et Rosina l'admirait beaucoup.

Avant cet après-guerre où les prix s'étaient multipliés, il y avait naturellement eu une guerre. Une vraie catastrophe. On l'appelait d'ailleurs la Grande Guerre*, avec des majuscules, pour souligner qu'il n'y en avait jamais eu une semblable.

« Le bataillon avançait vers la frontière... », chantait parfois grand-mère. Une nuit, Rosina avait rêvé de cette armée en marche vers une chaîne de montagnes où se trouvait la frontière. « ... Il faut se taire et avancer ! » Grand-mère chantait toujours cette phrase avec beaucoup d'énergie. Dans le rêve de Rosina, effectivement, personne ne disait mot.

C'était pendant cette guerre qu'était mort son papa, comme tant d'autres. Il combattait dans l'artillerie, lui avait dit Palmira. Rosina ne se souvenait pas de lui, parce que même auparavant, en temps de paix, il était toujours en voyage. Il naviguait. C'était son métier.

— Depuis tout petit, c'était sa passion, avait expliqué Palmira. Ton grand-père aussi naviguait. Ils avaient ça dans le sang, tous les deux.

* Il s'agit de la Première Guerre mondiale (1914-1918).

Après quoi elle avait ajouté un « Bref ! », comme quand on veut changer de sujet mais qu'on ne trouve rien d'autre à dire. Rosina n'y avait pas prêté attention. Elle n'avait jamais connu son grand-père ; toute petite, elle avait été confiée à sa grand-mère, Teresa.

— Elle s'est mise en quatre pour t'élever, ta grand-mère ! disaient souvent Palmira ou des dames en visite. En se divisant de la sorte, grand-mère avait réussi à remplacer à elle seule toute la famille de Rosina. Il ne lui restait d'autre que sa grand-tante, Rosa, qui lui envoyait occasionnellement des lettres d'Argentine.

Rosina avait une photographie de sa mère sur sa table de nuit, mais aussi une de son père sur la commode. Elle avait toujours été là, et personne ne la touchait jamais, sauf Palmira pour l'épousseter. Il souriait, tête haute, une main sur le côté, l'air gai et désinvolte. Rosina la contemplait tous les jours.

Sa famille se résumait donc à sa grand-mère, et c'était d'elle qu'elle parlait dans ses rédactions, à l'école. Dès qu'elle avait appris à lire et à écrire, elle l'avait prise pour sujet des petites phrases qu'on lui demandait d'inventer. En cours préparatoire, par exemple, elle avait ainsi inscrit que : « Granmère li beaucout et coupe les pages avec un coupapié. » Cette phrase amusait encore aujourd'hui ceux qui la connaissaient ; le Dr Rastelli la citait de temps en temps, en éclatant d'un rire bruyant.

Bon, d'accord, les fautes d'orthographe étaient énormes, mais cette affirmation n'en était pas moins vraie. Les livres pour grandes personnes que lisait grand-mère avaient presque toutes les pages encore attachées ; pour les lire, il lui fallait utiliser son petit coupe-papier en ivoire. Ces livres étaient jaunis, d'un papier poreux, et sans aucune image, même sur la couverture. Souvent, ils étaient dans une langue incompréhensible : en français.

— Quand tu seras grande, tu devras l'apprendre, toi aussi. C'est indispensable, de nos jours*.

— Mais comment est-ce que je l'apprendrai ?

— Les religieuses te l'enseigneront, quand tu iras dans une école privée.

Grand-mère utilisait aussi le coupe-papier en ivoire pour ouvrir son courrier. En revanche, pour cacheter les lettres qu'elle écrivait elle-même, elle utilisait un bâton de cire

---

* À l'époque, le français jouait encore en Europe un rôle comparable à l'anglais aujourd'hui : on disait que si on savait parler français, on pouvait aller partout.

qui ressemblait à un gros crayon pastel rouge, dont elle chauffait la pointe sur un petit poêle. Quand le bâton commençait à fondre, elle faisait tomber de grosses gouttes rouges sur la languette de l'enveloppe. La cire durcissait en refroidissant, et l'enveloppe restait fermée.

Rosina aimait bien voir grand-mère utiliser tout cela, le petit poêle, le bâton de cire, et aussi le pèse-lettre : les lettres que grand-mère écrivait à sa sœur Rosa étaient toujours très épaisses, et cette petite balance lui servait à calculer, d'après leur poids, le nombre de timbres qu'il fallait y coller.

Elle utilisait encore d'autres instruments qui valaient le coup d'œil. À la cuisine, par exemple, pour faire des plats sortant un peu de l'ordinaire, comme des paupiettes ou des gnocchis. Ou cette aiguille recourbée avec laquelle elle avait si vite fait de tracer une fleur sur sa broderie en cours. Mais le coupe-papier restait le préféré de Rosina.

— C'est bien, ton roman, grand-mère ? demandait-elle lorsque, à force de se frayer un chemin dans l'épaisseur des pages, celle-ci en était arrivée à la moitié du livre.

— Assez, mais ça ne t'intéresserait pas, s'entendait-elle répondre.

Ou alors :

— Ennuyeux. Je ne sais pas pourquoi je le lis.
Ou encore :
— Très beau. Tu pourras le lire quand tu seras grande.

Il y avait d'autres livres à la maison, adaptés à son âge, en particulier des recueils de contes, reliés et couverts d'illustrations magnifiques. Grand-mère avait commencé à lui raconter ces histoires avant même que Rosina n'apprenne à lire, en lui montrant au fur et à mesure de sa lecture quelle était l'image qui correspondait à tel ou tel passage du récit.

Elle racontait aussi des histoires tirées d'opéras, celles des personnages que Rosina connaissait à force d'entendre grand-mère chanter leurs romances. Parfois, les histoires étaient très drôles ; d'autres étaient terribles, avec des duels, des empoisonnements, des enlèvements, des meurtres.

— Alors le héros se met à chanter « Adieu ma vie, adieu mon âme », et à la fin de sa chanson il tombe par terre. Il est mort.

Rosina menait décidément une vie agréable avec grand-mère, avant que celle-ci ne tombe dans le jardin et ne se casse une jambe. Quand rien n'était encore arrivé.

3. Palmira prend une décision

Mais à présent, quelque chose était arrivé. Grand-mère avait dû aller à l'hôpital. Et Rosina, scandalisée, découvrit qu'elle n'avait même pas le droit d'aller la voir.

— Mais je suis sa petite-fille !

— Peut-être, mais les enfants n'ont pas le droit de rentrer dans les hôpitaux, sauf quand ils sont eux-mêmes malades, bien sûr.

— Pourquoi ?

— Parce que c'est comme ça. C'est interdit. Tu risquerais d'attraper des microbes très dangereux.

— Tu es sûre ?

— En tout cas, c'est ce qu'on dit... Pour être honnête, il faut bien avouer qu'il n'y a pas si longtemps, on n'en parlait jamais, de ces microbes. Je me demande même s'ils existent vraiment. Après tout, personne ne les a jamais vus. Il paraît qu'ils sont trop petits.

— Ce sont peut-être les docteurs qui les ont inventés !

— Je ne sais pas, mais en tout cas, à l'hôpital, ce sont eux qui commandent — les docteurs, pas les microbes —, alors il faut bien obéir.

Palmira, elle, allait là-bas quotidiennement, parfois même deux fois par jour. Elle disait avec importance que, forcément, les religieuses et les infirmières ne s'occupaient pas de sa maîtresse aussi bien qu'elle-même. Cela faisait des années qu'elle était à son service ; elle comprenait le moindre de ses regards.

— Mais elle n'est pas encore guérie ? Elle a encore mal à la jambe ?

Rosina espérait toujours s'entendre répondre que non, qu'elle n'avait plus mal, et qu'elle allait bientôt rentrer à la maison. Après tout, cela faisait déjà deux jours qu'elle était hospitalisée... trois jours... quatre jours... À ce stade, les docteurs l'avaient sûrement remise en état, surtout si l'un d'eux était cet ami si talentueux du Dr Rastelli.

Palmira soupirait.

— Ce n'est pas si simple... Elle s'est fait une vilaine fracture, tu sais. Les os se sont mal cassés.

— Est-ce que ça veut dire que quand on se fait une belle fracture, les os peuvent être tout de suite raccommodés ?

— Pas ceux de Madame, en tout cas.

— Mais qu'est-ce qu'elle s'est fait, exactement ?

— Elle s'est rompu deux os et fêlé trois côtes. Ça lui fait même mal quand elle respire.

— Autrement dit, tout le temps, quoi !

— Oui. Je voudrais me tromper, mais j'ai l'impression qu'il va falloir un bon moment avant qu'elle puisse revenir à la maison.

— La pauvre !

— Oui, la pauvre ! Et pauvre de moi, aussi. Je ne sais même plus par quel bout commencer quand je me lève le matin ! Il faut que j'aille à l'hôpital, que j'en revienne, que je m'occupe de toute la maison, des canaris, et aussi des plantes... Madame n'arrête pas de me demander des nouvelles de ses fleurs ; gare à moi si je les oubliais !

Parfois, elle regardait Rosina en fronçant les sourcils, avec une expression tellement inquiète qu'elle en semblait presque dégoûtée :

— Sans compter cette gamine !

Rosina ne le prenait pas mal. Elle comprenait parfaitement que sa présence compliquait la vie de Palmira bien plus que celle de Pippetto et Clementina. Pendant qu'elle était à l'école, Palmira pouvait bien sûr aller à l'hôpital ; et si elle devait y retourner l'après-midi, elle avait toujours la possibilité de la confier à la mère de Giampiero ou à une autre voisine. C'est ce qu'elle faisait, d'ailleurs. Mais le problème, c'était que les horaires de l'hôpital, de l'école, et des magasins où Palmira devait courir faire des achats n'étaient pas forcément compatibles. Résultat : elle risquait toujours d'arriver en retard quelque part.

Le quatrième jour après l'accident, en sortant de l'école, Rosina ne trouva personne à l'attendre. C'était la première fois que cela lui arrivait.

Au début, au milieu du vacarme environnant, cela lui parut un peu bizarre, sans plus. Elle s'apprêta à patienter quelques minutes dans la cour et se mit à examiner la foule qui commençait à se disperser. La plupart des enfants partaient en courant : ils rentraient chez eux tout seuls. D'autres, essentiellement des enfants des petites classes, s'éloignèrent en donnant la main à leur mère, leur grande sœur, plus rarement leur bonne.

Bientôt, la cour fut presque vide. Gigetta s'approcha, les deux bas en accordéon sur les chevilles, la tresse à moitié défaite. Elle venait de remporter une course à cloche-pied contre deux amies.

— Tu es encore là ?
— Comme si ça ne se voyait pas !
— Oui.
— Personne ne vient te chercher, aujourd'hui ?
— Si, Palmira va venir.
— Ah ! À demain, alors.
— À demain !

Gigetta s'en alla, ramassant au passage le cartable poussiéreux qu'elle avait déposé contre un mur. Ses compagnes de jeu avaient déjà disparu au fond d'une ruelle qui serpentait entre les maisons.

Rosina resta complètement seule. Le temps s'arrêta. Il ne se remettrait en marche que lorsque apparaîtrait Palmira, avec sa robe à fleurs et son tricot. Pour ne pas trop s'inquiéter, Rosina se mit à examiner les gens qui passaient devant le portail. Mais c'était l'heure du déjeuner, et il y avait bien peu de monde dans les rues : un char tiré par un âne, quelques femmes revenant du lavoir avec un panier de linge mouillé, deux ou trois mendiants déguenillés qui venaient de se faire offrir une gamelle de soupe au monastère...

Soudain s'entrebâilla une ouverture taillée dans le battant de droite de la porte d'entrée de l'école. Le concierge sortit. Rosina n'avait pas songé qu'il puisse encore y avoir quelqu'un. L'homme se dirigea vers le portail et l'aperçut.

— Tu es encore là ? demanda-t-il, l'air stupéfait.

La même question absurde !

— Palmira n'est pas venue.

— Et pourquoi est-ce que tu n'es pas rentrée toute seule ? Tu n'habites pas si loin !

— Toute seule ?

Cela ne lui était même pas venu à l'idée.

— Je m'en vais, alors ?

L'homme retira son béret et se gratta la tête. Lâcher dans la nature une gamine habituée à ne circuler qu'en compagnie de sa bonne n'était pas une décision à prendre à la légère.

— Il vaut mieux que je t'accompagne, dit-il enfin. Ça me fait faire un gros détour, mais tant pis. S'il n'y a personne chez toi, je te laisserai chez une voisine.

Rosina semblait collée aux dalles de la cour.

— Il n'y aura personne, c'est sûr. Palmira

serait venue me chercher avant de rentrer. Et si elle vient ici et qu'elle ne m'y trouve pas ?

— Ce ne serait pas la fin du monde ! Elle sonnera, et en voyant que l'école est vide elle devinera ce qui s'est passé. Allez, dépêche-toi.

Il la tira par la main et referma le portail derrière elle, puis partit d'un bon pas. Rosina n'en revenait pas d'être dans la rue avec quelqu'un qui n'était ni grand-mère, ni Palmira, ni même une dame de leur connaissance. Elle avançait, tirée par l'homme qui avait hâte de rentrer déjeuner. De temps en temps, elle trébuchait, parce que, au lieu de regarder où elle mettait les pieds, elle se retournait sans cesse pour regarder derrière elle, au cas où Palmira apparaîtrait.

Elle avait déjà commencé à gravir la rue qui menait chez elle, entre les jardins et les jolies villas, lorsqu'elle la vit enfin. Palmira leur courait après, le visage en feu, tellement vite qu'elle n'avait pas la force de les appeler.

Elles s'interpellèrent en même temps :

— Pourquoi ne m'as-tu pas attendue ? Quelle angoisse, quand j'ai vu que la cour était vide ! protesta l'une pendant que l'autre accusait :

— Pourquoi n'es-tu pas venue me chercher ?

Palmira ne lui donna aucune explication. En revanche, elle se lança dans un grand discours avec le concierge, au sujet d'un grand médecin que tout le monde écoutait comme un oracle, avec qui Palmira avait absolument tenu à échanger quelques mots même si elle avait dû l'attendre. Il fallait se mettre à sa place, elle en avait plus qu'assez des banalités réconfortantes des infirmières — et encore, elle parlait de celles d'entre elles qui étaient aimables, parce qu'il y en avait quelques-unes, il valait mieux les laisser tomber...

Le concierge les laissa tomber bien volontiers, et il repartit sans vouloir en entendre davantage vers le bon plat de spaghettis qui, à cette heure-là, lui revenait de droit. Rosina se rendit compte qu'elle avait elle-même un féroce appétit. Palmira parut lire dans ses pensées :

— Tu dois avoir faim, ma pauvre Ninìn !

— Oh que oui ! confirma-t-elle.

C'était maintenant Palmira qui la tenait par la main. De l'autre, elle portait son cartable, ce que le concierge n'avait pas fait : il ne semblait même pas y avoir pensé. Elles avancèrent d'un bon pas. Elles étaient déjà presque en haut quand Rosina posa la question :

— Alors, tu lui as parlé, à ce grand docteur ? Il t'a dit quand est-ce que grand-mère pourrait rentrer à la maison ?

La réponse ne fut pas satisfaisante. Oui, elle lui avait parlé, mais non, il n'avait rien dit de précis, il lui avait juste dit qu'il fallait donner « du temps au temps ». Palmira n'avait rien pu en tirer de plus.

Ou du moins, Rosina ne put rien tirer de plus de Palmira.

Lorsque Rosina termina son repas, l'après-midi était déjà bien avancé. Palmira discutait dans la cuisine avec Isolina, la bonne d'une voisine. En passant devant la porte vitrée, Rosina entendit des lambeaux de phrase. Rien de très original : Palmira se plaignait d'avoir trop de travail, « ... et tous ces aller et retour à l'hôpital, et cette pauvre enfant abandonnée à elle-même, qui a même dû l'attendre, aujourd'hui, à la sortie de l'école... » alors qu'elle-même, Palmira, se flattait d'être toujours si ponctuelle ! Il fallait se rendre à l'évidence, elle n'en pouvait plus... En bruit de fond, on entendait la voix de son interlocutrice, qui approuvait, appuyait, compatissait.

Rosina n'aimait pas être traitée de « pauvre enfant ». Elle ouvrit la porte sans douceur, à tel point que les vitres tintèrent. Elle avait une excuse toute prête.

— Palmira, je peux prendre une feuille de laitue pour Pippetto et Clementina ?

— Ah, c'est vrai, les oiseaux ! Je les avais bel et bien oubliés. Décidément, je n'arrive plus à penser à tout !

Elle donna à Rosina la feuille de salade demandée, des graines, et la pria d'en profiter pour changer leur eau : ça lui ferait toujours ça de moins à faire.

— Ah, ça c'est sûr, les animaux, dans une maison, ça donne toujours beaucoup de travail, renchérit Isolina. Ma maîtresse et moi, nous n'avons jamais voulu en avoir.

Pippetto et Clementina semblèrent très contents que quelqu'un s'occupe d'eux. Ils voletaient d'un perchoir à l'autre, comme pour lui faire fête. Peut-être qu'ils avaient eu l'impression d'être oubliés, comme elle quand elle attendait dans la cour de l'école. Après s'en être occupée, Rosina sortit dans le jardin. C'était une journée tiède, mais grise.

Giampiero l'appela depuis la grille.

— Tu veux venir jouer chez moi ? Ma maman m'a dit de t'inviter.

Il n'avait pas l'air ravi de devoir transmettre ce message, et Rosina le fut encore moins de le recevoir. Heureusement, elle se rappela opportunément qu'elle devait encore faire ses devoirs.

Elle monta dans sa chambre pour s'y atteler. Elle n'en avait aucune envie, mais dans cette grande maison à peu près vide cela restait un bon moyen de passer le temps.

Elle n'avait pas encore terminé quand Palmira l'appela du rez-de-chaussée.

— Viens voir, Ninìn, je voudrais te parler.

Si ç'avait été grand-mère, Palmira serait montée elle-même ; mais à quoi bon prendre des gants avec une enfant ?

Elle fit s'asseoir Rosina à côté d'elle et lui fit un câlin avant d'attaquer :

— J'étais en train de discuter avec Isolina.

— Oui, j'ai entendu.

— Tu as écouté ce que nous avons dit ?

Les adultes n'aiment pas qu'on les écoute. Mais Rosina n'eut pas le temps de dire qu'elle n'avait pas perçu grand-chose — ce qui était vrai — avant que Palmira n'enchaîne :

— Même si tu as écouté, ce n'est pas grave. Je parlais de toi.

— De moi ?

— Oui. Isolina m'a fait remarquer que j'ai déjà bien assez à faire, en ce moment, avec ta grand-mère à l'hôpital, et toute la maison à tenir...

— Et Pippetto et Clementina, et les fleurs à arroser... compléta Rosina.

— Exactement. Avec la meilleure volonté du monde, je n'arrive pas à m'occuper de toi aussi bien que ta grand-mère. Il faudrait que j'aie quatre mains !

— Comme les singes !

— Quel est le rapport ? Ne commence pas à raconter n'importe quoi, j'ai déjà bien assez la tête à l'envers ! Bref, Isolina a eu une bonne idée : elle m'a conseillé de te mettre provisoirement dans une école de religieuses. Sa maîtresse en connaît une très bien qui s'occupe d'orphelines.

— Mais je ne suis pas... commença Rosina, avant de se rappeler que si, elle l'était.

D'une toute petite voix, elle demanda :

— Quelles religieuses ? Les Ursulines ?

Palmira haussa les épaules.

— Bien sûr que non. En ce moment, nous avons déjà bien du mal à joindre les deux bouts, et tu sais que ces instituts sont trop chers.

Elle semblait sur le point de se mettre à pleurer.

— C'est dur, tu sais, Ninìn. En ce moment, tout repose sur mes épaules, et moi, si on y réfléchit, qu'est-ce que je suis ? Une domestique, c'est tout. Je ne devrais avoir aucune responsabilité.

Elle évoqua le comptable que grand-mère avait l'habitude de consulter autrefois, mais dont elle ne voulait plus entendre parler depuis quelque temps :

— Je pense qu'elle ne lui a jamais pardonné de lui avoir donné de mauvais conseils et de lui avoir fait perdre le peu d'argent qu'il lui restait, la pauvre. En tout cas, je ne peux pas m'adresser à lui. Quand j'y pense, ça me rend folle. Si, au moins, quelqu'un d'autre s'occupait de toi, je serais tranquille sur ce point. Ce serait déjà un souci en moins.

Elle soupira :

— On va bien voir si elles acceptent de te prendre alors que l'année scolaire est tellement avancée ! Mais Isolina m'a dit que sa maîtresse dirait quelques mots en ta faveur. Ça devrait suffire. Elles ne peuvent pas se permettre de dire non à une dame qui s'est adressée à elles pour préparer le trousseau de ses deux filles.

Ces trois femmes, Palmira, Isolina et la maîtresse de cette dernière, avaient donc déjà tout manigancé entre elles. Si ça se trouvait, les religieuses étaient déjà au courant. Il était peut-être trop tard pour que Rosina puisse dire qu'elle n'était pas d'accord. De toute façon, ça ne lui vint même pas à l'esprit. Ce sont les adultes qui commandent.

Elle resta muette. Elle s'efforçait de se faire à l'idée de devoir changer d'école un de ces jours, de dormir dans un autre lit une de ces nuits.

Palmira se leva avec un soupir.

— Allons nous préparer. Isolina a certainement déjà apporté un mot de la part de sa maîtresse pour prévenir les religieuses. Nous allons aller les voir, et j'en profiterai pour leur demander quels vêtements il te faudra. S'il manque quelque chose, tant pis. Je ne peux pas faire de miracles. Je t'accompagnerai là-bas demain matin.

— Demain matin ? !

Un de ces jours ? Une de ces nuits ? Loin de là ! L'orphelinat l'attendait déjà, bouche — porte — grande ouverte, prêt à l'avaler, comme les ogres des contes.

— On va bien voir si elles sont d'accord, répondit Palmira, mais je crois bien que oui, Ninìn.

Rosina eut l'impression que quelqu'un venait de tirer un rideau. Elle regarda vers la fenêtre. Il ne faisait pourtant pas plus sombre que quelques minutes plus tôt. Mais l'impression d'une ombre froide et triste persista tandis que Palmira lui faisait changer de tenue et mettre un chapeau de paille.

Dans l'antichambre du couvent régnait une odeur qui prenait à la gorge, comme si on avait passé de la peinture fraîche. Les dalles du sol brillaient comme un miroir et sentaient la cire.

La mère supérieure entra. C'était une femme maigre, aux lèvres aussi pâles que le reste de son visage. Rosina la regarda fixement, en attendant qu'elle décide de son avenir. Au début, la mère supérieure sembla vouloir refuser.

— Accueillir une nouvelle élève au début du troisième trimestre est pour le moins insolite. Je ne suis pas certaine de pouvoir assumer cette nouvelle charge.

Paroles si douces, paroles d'espoir ! Mais Palmira contre-attaqua avec toute une série d'excellentes raisons. Cette pauvre orpheline avait besoin d'un asile, à présent que sa grand-mère ne pouvait plus s'occuper d'elle. Elle-même, Palmira, ne pouvait pas prendre une telle responsabilité. Et elle conclut avec l'argument le plus décisif, selon lequel les religieuses feraient une véritable bonne action en s'occupant de Rosina.

Peut-être une religieuse ne pouvait-elle pas refuser de faire une bonne action. Peut-être la mère supérieure voulait-elle simplement se faire prier. Quoi qu'il en soit, elle acquiesça.

— Je ne sais pas ce que va en dire Madame, dit Palmira à plusieurs reprises sur le chemin du retour.

— Mais bon, nous avons pris la seule décision possible, ajouta-t-elle chaque fois.

Rosina n'avait rien décidé du tout, mais elle était trop abattue pour protester. Elle se contenta de dire, d'une voix morne :

— Je n'ai même pas pu dire au revoir à Gigetta. Ce matin, je ne savais pas que je n'irais pas à l'école demain.

D'un seul coup, elle avait perdu non seulement Gigetta, mais aussi Mariangela et Luisa, ses meilleures amies. Elle eut soudain envie de pleurer.

— Combien de temps ? osa-t-elle demander.

— Combien de temps, quoi ?

— Combien de temps est-ce que je vais rester enfermée là-dedans ?

— Tu en parles comme si c'était une prison ! Je ne sais pas encore. Quand Madame sera guérie, elle viendra peut-être te chercher elle-même, peut-être plus vite que tu ne t'imagines.

Elle dut se contenter de cet espoir.

4. Comment on devient orpheline

Le lendemain matin, en entrant dans ce qui serait désormais sa nouvelle école, Rosina eut l'impression de manquer d'air et de lumière. Un effet de la tristesse ?

La tristesse avait aussi une odeur. Un mélange de peinture (un mur avait été repeint), de cire (le plancher), de café au lait (le petit déjeuner venait d'être servi) et de chou (le déjeuner que la cuisinière était déjà en train de préparer). Grand-mère refusait de consommer du chou une fois le printemps arrivé : avec tous les nouveaux légumes qui apparaissaient dans les potagers, on peut enfin passer à autre chose, disait-elle. Mais il existait aussi des choux printaniers, et dans cet orphelinat on en faisait une grande consommation.

Palmira apportait avec elle une valise pleine de linge. Elle avait passé la soirée à coudre les initiales de Rosina sur chacun de ses vêtements. Mais elle n'avait pas encore eu le temps de lui faire son uniforme, une blouse à carreaux blancs et bleus.

— Je m'en occupe très bientôt, ma sœur, assura-t-elle timidement à la religieuse qui les avait accueillies.

On prêta à Rosina un uniforme de rechange qu'on lui fit enfiler sur-le-champ. Les manches étaient trop longues ; on les retroussa. La sœur lingère faisait la moue. Palmira aussi.

— Ma pauvre Ninìn ! ne put-elle s'empêcher de s'exclamer.

Puis elle se retourna vers la religieuse :

—La dame que vous savez m'a bien dit de vous la recommander... Rappelez-vous qu'elle n'est pas comme vos autres pensionnaires...

— Pour nous, elles sont toutes pareilles, coupa court son interlocutrice.

Palmira dut se résigner à partir.

— Allez, au revoir, Ninìn. Sois sage et obéissante, surtout !

Elle la prit dans ses bras. Rosina, muette, la serra très fort contre elle.

Elles durent s'y prendre à deux pour la détacher : la sœur lingère, et la mère supérieure qui venait d'arriver. Cette dernière l'examina de la tête aux pieds, puis ordonna :

— Enlève ce ruban de tes cheveux.

Puis, quand le ruban fut ôté :

— Prends ton cartable et suis-moi.

C'était Palmira qui avait pensé à prendre le cartable, pour que la nouvelle maîtresse de Rosina puisse jeter un coup d'œil sur ses cahiers et se rendre compte de son niveau.

Escaliers, couloirs ; odeur de cire et de peinture. Elles entrèrent enfin dans une salle de classe. D'un bond, toutes les élèves se mirent debout.

— Voici votre nouvelle camarade, dit la mère supérieure d'une voix égale. C'est la première fois qu'elle vient dans un pensionnat. J'espère que vous lui ferez bon accueil.

Elle échangea quelques mots à voix basse avec l'institutrice : peut-être lui recommandait-elle Rosina de la part de la dame bienfaitrice du couvent. Avant de sortir, elle posa une main légère comme un papillon sur les cheveux de Rosina. Ce geste à peine esquissé devait être une haute marque de faveur, car certaines élèves retinrent leur respiration.

L'institutrice était une religieuse à la figure

ronde et aux petits yeux. Rosina eut l'impression que ces yeux-là la regardaient sans aménité. Peut-être ce regard signifiait-il qu'en classe c'était elle qui commandait, et que même la mère supérieure ne pouvait pas lui dicter sa conduite.

— Asseyez-vous, dit-elle en donnant un coup sur son bureau avec la règle qu'elle tenait à la main. (Elle désigna à Rosina, au deuxième rang, un banc qui n'était occupé que par une seule élève.) Il y a une place de libre, mets-toi là. Laisse ton cartable, tu n'en auras pas besoin.

Elle prit le cartable et le posa derrière son bureau. Rosina ne le revit plus.

Les cahiers devaient être mis sous l'abattant, et la plume dans la rainure de la table, à côté du trou où se trouvait l'encrier. À peine eut-elle fini de s'installer que la maîtresse lui sauta dessus.

— Pourquoi remues-tu les doigts comme cela ?

— Comme quoi ?

Elle regarda ses mains, perplexe. Elle était juste en train de s'étirer les doigts. Il lui fallut quelques secondes avant de se rendre compte que les autres avaient toutes les mains posées bien à plat sur le banc. « Première position ! »

avait en effet crié la maîtresse pendant qu'elle rangeait ses cahiers. Rosina savait ce que c'était que la première position, mais la maîtresse de son ancienne école n'était pas trop tatillonne là-dessus. Ici, en revanche, il fallait prendre exactement la bonne position exactement au bon moment. Comme des soldats.

Elle venait d'imiter les autres quand résonna l'ordre « Deuxième position ! ». Cette fois-ci, il fallait mettre les bras derrière le dos. Encore une fois, Rosina obéit avec un temps de retard. Une élève d'un banc voisin lui jeta un coup d'œil moqueur.

Contrairement à ce qu'avait pensé Palmira, la maîtresse ne montra aucun intérêt pour ses cahiers. Elle leur fit faire une dictée, puis leur donna quatre multiplications à effectuer. La voisine de banc de Rosina écrivait en penchant la tête sur le côté et en tirant légèrement la langue. Ses deux tresses étaient tellement serrées qu'on voyait dans son cou les cheveux tirer sur la peau.

— Je m'appelle Angiolina, dit-elle sans se retourner et presque sans remuer les lèvres tandis que la maîtresse était en train de ramasser les dictées.

Rosina fut heureuse de ce début amical. Elle se présenta.

— Qu'est-ce qui te reste, comme famille ? continua l'autre.

Étrange question, mais peut-être logique de la part d'une orpheline.

— Ma grand-mère.

— Moi, j'ai encore ma mère, dit l'autre en faisant l'importante.

Pourquoi était-elle donc dans un orphelinat ? Rosina aurait voulu l'interroger, mais la maîtresse les regardait. Elles reprirent leur discussion pendant la récréation — la pause, comme on disait ici.

— Pourquoi est-ce qu'on t'a mise ici, si ta grand-mère est vivante ? demanda Angiolina.

— Elle est à l'hôpital. Elle s'est cassé la jambe.

La pause consistait en une promenade le long d'un couloir sombre et étroit. Les fenêtres étaient très hautes, juste sous le plafond. Rosina aurait donné n'importe quoi pour pouvoir regarder au-dehors et voir un jardin, une place, une rue avec des passants et des véhicules.

— Et toi, pourquoi est-ce que tu n'habites pas avec ta maman ?

— Elle ne peut pas me garder, elle est femme de chambre chez des gens.

Elle leva fièrement le menton :

— Elle vient me voir aussi souvent qu'elle peut. La dernière fois elle m'a même apporté des bonbons !

Dans un orphelinat, on se raccroche à ce qu'on peut : une mère vivante, quelques douceurs.

Tout en discutant, Rosina s'était aperçue que la plupart des filles qui la croisaient la dévisageaient bizarrement : soit avec ironie, soit avec méchanceté. Angiolina semblait mieux disposée. Rosina s'accrocha à elle.

— Mais pourquoi est-ce que tout le monde me regarde comme ça ? demanda-t-elle.

— Parce que tu es la chouchoute de la mère supérieure, tiens !

— Quoi ? Mais je ne la connais pas ! Je l'ai vue hier pour la première fois !

— N'empêche. J'imagine que c'est la dame qui protège l'orphelinat qui t'a recommandée, non ? Donc forcément, la mère supérieure t'a recommandée à la maîtresse. Tant mieux pour toi, tu seras mieux traitée !

— Ce n'est pas sûr ! Pas si les autres me détestent à cause de ça !

— Ne t'inquiète pas. Si tu as des problèmes, je te défendrai.

Elle se vantait peut-être, mais au moins l'intention était-elle bonne. Rosina s'approcha encore de sa nouvelle amie, sans prêter attention à l'odeur un peu acide qu'elle dégageait — détail qui aurait certainement incommodé grand-mère. Ses yeux tombèrent sur les tresses serrées au point de ressembler à des manches de casserole.

— Ça ne te fait pas mal ?

— Quoi, les tresses ? Non, plus maintenant. Par contre, le matin, quand Giovanna me les fait, qu'est-ce que ça tire !

— Qui c'est, Giovanna ?

— Ma « grande ». Elle est gentille, j'aurais vraiment pu tomber pire. Et toi, c'est qui, ta grande ?

— Je ne sais pas. On en a forcément une ?

— Bien sûr. Ce sont les grandes qui doivent nous surveiller, vérifier qu'on se lave, nous coiffer, etc. Il y en a qui en profitent pour jouer les chefs, mais avec un peu de chance la tienne sera sympathique.

Une cloche sonna ; on retourna en classe. Première position. Deuxième position. La maîtresse, qui s'appelait sœur Vittorina, leur fit lire chacune à son tour à voix haute un passage du livre de lecture que Rosina n'avait pas encore. C'était l'histoire d'une jeune fille qui, au temps des premiers chrétiens, avait préféré être dévorée par les lions plutôt que de renoncer à sa religion. Les élèves lisaient toutes de la même manière, d'une voix monocorde qui aurait rendu ennuyeux n'importe quel récit. Rosina allongea le cou pour regarder le livre de sa compagne de banc.

La règle de sœur Vittorina donna deux coups secs sur son bureau. Tout le monde sursauta.

— Toi, au deuxième rang !

Qu'est-ce qu'elle avait fait encore ?

— Qu'est-ce que tu regardes ? Sois attentive !

Rosina, soulagée, entreprit de se justifier.

— Mais je fais attention. Je suis en train de lire la même histoire. C'est juste que ça va plus vite de la lire tout d'un coup.

Les petits yeux sévères de la maîtresse l'examinèrent de haut en bas.

— Je ne te conseille pas de répondre ! Tu lis peut-être très bien toute seule, mais ne crois pas que cela te dispense de faire comme les autres, tu te trompes. Pour qui te prends-tu ?

Sous-entendu, protégée ou non, tu n'as pas intérêt à te singulariser. Elle continua en effet :

— Tant que tu es dans cette salle, c'est moi qui commande, est-ce que c'est clair ?

— Oui madame.

Ça n'allait pas encore.
— On dit : « Oui ma sœur ! »
— Oui ma sœur.

Autour d'elle, les filles ricanaient en silence. Visiblement, elles étaient toutes ravies que la chouchoute de la mère supérieure se fasse remettre à sa place.

Les coups de règle lui furent pourtant épargnés. Mais ils s'abattirent sur une autre, une fille un peu lente qui, en cherchant à se dépêcher, avait taché d'encre une page du livre. La maîtresse arriva à ses côtés comme un ouragan.

— Les mains à plat ! ordonna-t-elle.

Elle abaissa deux fois la règle. Deux lignes rouges apparurent sur la peau de la coupable, qui baissa la tête pour ne pas montrer ses larmes.

Les leçons du matin se terminèrent. La cloche les appela au réfectoire. Sur les tables sans nappe étaient déjà installées des rangées de bols de riz trop cuit. Avant de s'asseoir pour manger, il fallut remercier la Providence qui les nourrissait. Quand le riz fut mangé, deux grandes filles se levèrent pour servir le plat suivant[*]. Un murmure courut le long des

---

[*] En Italie, un repas se compose toujours d'un *primo*, un premier plat à base de riz ou de pâtes, et d'un

tables : « De la viande ! Il y a de la viande, aujourd'hui ! »

Rosina se retrouva face à une assiette de chou gorgé d'eau accompagné d'un morceau de viande filandreux, dont des bouts restèrent coincés dans ses dents longtemps après le déjeuner.

À la fin du repas, tout le monde sortit à l'air libre. Mais au lieu d'un jardin ou d'une grande cour grillagée comme à l'école, Rosina découvrit un espace délimité par un mur gigantesque. On n'avait presque pas l'impression d'être à l'extérieur. Il n'y avait que deux arbres longs et malingres, dont les branches les plus basses étaient tristes et nues. Ils étaient entourés d'une solide barrière. Même les arbres étaient en cage. Peut-être pour les protéger des jeux et courses folles des orphelines ? Sauf qu'en fait personne ne courait, ni même ne jouait. Les filles se promenaient, voilà tout.

Mais bientôt arriva une religieuse plus jeune que les autres. C'était elle qui leur faisait faire de la gymnastique. Elle les fit aligner sur deux rangées et se mit à donner des ordres :

secondo, un second plat avec — en général — de la viande et des légumes.

— Les épaules en arrière ! Respirez à fond ! Les mains sur les côtés ! Tournez le buste à gauche ! Respirez ! À droite ! Respirez ! Les bras en avant ! Respirez !

Son visage était rouge, et ses manières à la fois brusques et gaies. Elle frappait des mains à chaque ordre et s'énervait parfois contre les paresseuses.

— Vous avez peur de vous abîmer les os si vous dépensez trop d'énergie ? On fait les exercices sérieusement, s'il vous plaît ! Ah, là là, il nous faudrait au moins trois heures de gymnastique par jour pour remettre en état des mollassonnes comme vous !

— Qu'est-ce qu'elle crie, celle-là ! murmura Rosina presque sans bouger les lèvres — elle avait déjà appris la technique.

— Elle ne crie pas, elle est gaie ! répliqua Angiolina, scandalisée. Sœur Céleste est notre préférée, elle s'énerve seulement pour notre bien, c'est la seule qui s'occupe de nous faire bouger un peu ! Heureusement qu'elle est là !

Rosina n'avait jamais particulièrement aimé les leçons de gymnastique, mais elle dut reconnaître que c'était un soulagement de pouvoir se dégourdir un peu les muscles.

Le dernier exercice consista en un tour de la cour au pas de course. « Allez ! Plus vite !

Courez ! » C'était presque amusant. Rosina commençait à comprendre pourquoi tout le monde trouvait sœur Céleste si attachante.

Après la gymnastique, Rosina s'attendait qu'on les emmène en étude pour qu'elles fassent leurs devoirs, mais ce fut la sœur lingère qui fit son apparition.

— À l'atelier. Et sans chahuter dans les escaliers !

L'atelier était une grande pièce, au dernier étage, avec une table gigantesque en plein milieu. Des grandes se trouvaient déjà autour de la table, têtes penchées, occupées à coudre. Dans un angle s'élevait une pile de chaises ; les nouvelles venues en prirent chacune une et s'installèrent.

La sœur lingère distribua des tâches. Les plus douées furent mises à broder, avec du fil blanc sur du linge blanc ; les autres se contentaient de repriser des vêtements. Rosina, qui était nouvelle, eut un simple mouchoir à ourler. Cela semblait facile, mais elle n'avait jamais été très douée pour les travaux de dame. Tout ce qu'elle avait jamais fait, à la maison, c'étaient des brides pour jouer aux chevaux avec Giampiero. Elle les fabriquait avec un crochet sur un tricotin, un tube de bois planté de petits clous. La bride était toujours de toutes les couleurs, car Rosina utilisait tous les restes de laine qui lui tombaient sous la main.

— C'est beau, non, grand-mère ?
— Disons que c'est voyant !

Penser à grand-mère lui pinça le cœur.

Et cet ourlet qui ne voulait rien savoir ! Rosina ne parvenait pas à tenir le tissu plié de la bonne manière, il s'échappait continuellement. Le fil s'échappait aussi de l'aiguille, et même l'aiguille lui échappait des doigts : il lui fallut deux fois se mettre à quatre pattes pour le ramasser, pendant que ses voisines se moquaient d'elle. La sœur lingère vint voir comment elle se débrouillait.

— Qu'est-ce que c'est que ce désastre ? Une gamine de cinq ans ferait mieux !

Encore une humiliation.

Là-haut, l'odeur avait changé. Cela sentait la toile neuve, bien sûr, mais pas seulement : maintenant que toutes les pensionnaires étaient réunies sous un plafond relativement bas, une odeur acide flottait, comme celle que Rosina avait déjà remarquée sur Angiolina.

Le confort moderne qui permettait aux personnes aisées d'avoir de l'eau froide et même chaude à volonté ne devait pas être arrivé jusqu'ici. De toute évidence, les pensionnaires ne pouvaient pas se laver aussi souvent qu'il eût fallu.

Pendant qu'elle luttait avec son mouchoir et qu'elle ravalait ses larmes, Rosina se dit que pour se sentir vraiment orpheline, il ne suffisait pas d'avoir perdu ses parents. Il fallait aussi habiter dans un endroit où même les arbres étaient en cage, où l'on mangeait mal, où tout le monde portait le même uniforme à carreaux, et où tout le monde avait la même odeur.

Ce n'était pas une pensée très agréable.

5. Un trimestre en cage

Elle découvrit dès le premier soir que les nuits à l'orphelinat étaient encore pires que les journées. Tout le monde dormait, les grandes contre le mur d'en face, les plus jeunes autour d'elle ; seule Rosina était trop malheureuse pour réussir à fermer l'œil. Tout ce qui l'entourait la déprimait : les lits en rang d'oignons, le paravent derrière lequel dormait une religieuse, les ombres projetées par la veilleuse sur les murs et le plafond.

Son malheur tenait parfois à des choses insignifiantes. La différence entre ses chemises de nuit et celles des autres, par exemple. Pourtant, celles qu'elle avait apportées n'avaient pas non plus de dentelle ; mais elles étaient d'un tissu bien plus fin. À son arrivée, l'une de ses camarades, curieuse, avait fouillé dans ses affaires, et s'était immédiatement exclamée : « Oh, je vois ! Mademoiselle a la peau délicate ! » Depuis, on la surnommait « la princesse au petit pois ». Rosina avait failli en pleurer de rage.

Mais il était même interdit de pleurer !

— Qu'est-ce que c'est que ces geignements ? demandait sœur Vittorina en agitant sa règle d'un air menaçant quand la mélancolie saisissait l'une d'elles en classe.

Sœur Céleste non plus n'aimait pas les pleurnicheries, mais elle avait une autre manière de le faire comprendre. « Courage ! » disait-elle avec un sourire qui réussissait effectivement à leur donner du cœur. Quand c'était elle qui surveillait la récréation, elle se retrouvait très vite au centre d'un groupe. Ça discutait, ça sautillait, ça poussait des exclamations. Ça riait, même, parfois. Preuve que dans un orphelinat, on peut rire, contrairement à ce que prétendent certains livres !

Les livres : autre sujet douloureux. Rosina n'en avait aucun, à part bien sûr les livres scolaires, et ces derniers restaient en classe, dans les casiers. Si on avait pu les emporter, Rosina les aurait déjà probablement appris par cœur. Elle était affamée de papier imprimé encore plus que de nourriture. À l'orphelinat, on mangeait mal, mais on mangeait. En revanche, on ne lisait pas.

À la chapelle (elles avaient une chapelle, ce qui leur permettait d'assister à la messe sans devoir sortir du pensionnat), Rosina dévorait le livre de prières que Palmira avait eu la présence d'esprit de lui mettre dans la valise. Elle avait aussi commencé une collection d'images pieuses : en plus de celles qu'elle avait déjà, elle en avait obtenu quelques-unes par des échanges, et s'en était fait donner par le prêtre qui les distribuait le dimanche après la messe. Rosina n'en finissait pas de les regarder et de se répéter la prière qui se trouvait au dos : c'était toujours de la lecture. Un jour, la mère supérieure l'avait surprise à cette occupation et elle l'avait félicitée pour sa piété, avant de poser une nouvelle fois sur ses cheveux cette main qui pesait si peu et qu'on lui enviait tant.

Rosina n'avait aucune envie d'être traitée différemment des autres et d'être appelée « chouchoute » et « protégée ». Mais elle n'avait pas non plus envie d'être exactement semblable à elles, avec le même uniforme... et bientôt la même coiffure. En effet, ses cheveux étaient tellement lisses que, sans son ruban, ils lui tombaient en rideau devant les yeux au moindre de ses mouvements. Ils étaient désormais assez longs pour qu'elle puisse s'efforcer de les coincer derrière les oreilles, mais cela ne tenait jamais très longtemps. Un jour, pour la consoler, Giovanna lui annonça que s'ils poussaient encore un peu, elle pourrait lui faire des couettes et même, en tirant bien, des tresses.

Giovanna — de son vrai nom Maria Giovanna — était devenue « sa grande » en plus de celle d'Angiolina. Cette dernière lui avait demandé de se proposer pour cette tâche, et les religieuses n'avaient fait aucune objection. C'était une bonne fille qui ne se plaignait jamais de rien, même pas de la nourriture. Elle avait juste l'impression de ne jamais en avoir assez. La qualité lui importait peu, c'était la quantité qui l'intéressait.

Elle le prouva un jour où les choux printaniers tant acclamés par les religieuses (« Ils ont très bon goût et sont excellents pour la santé ! ») étaient pleins de petites bêtes. Bouillies, d'accord, mais innombrables, et visibles à l'œil nu ; celles qui avaient une bonne vue pouvaient même compter leurs pattes. Ce soir-là, toutes celles qui étaient assises assez près firent de leur mieux pour faire passer leur assiette à Giovanna sans que les religieuses ne s'en aperçoivent. Giovanna ingurgita tout ce qu'on lui offrit. Elle engloutissait n'importe quoi. Elle était d'ailleurs devenue très habile dans l'art de se faire passer discrètement ce que personne ne voulait manger : le gras de la viande, la pomme de terre un peu moisie...

Elle avait immédiatement accepté de libérer Rosina de la petite peau grasse qui se forme au-dessus du lait quand le bol commence à refroidir. Rosina trouvait cela écœurant, et jamais grand-mère ne l'avait obligée à l'avaler. Mais un jour, la religieuse qui surveillait le petit déjeuner aperçut la manœuvre et fondit sur Giovanna au moment où celle-ci portait à sa bouche la cuillère d'où pendait ce morceau de peau grasse.

— Je t'ai vue, vilaine fille ! fit la religieuse scandalisée, à Giovanna. Tu as volé à une plus jeune la meilleure partie du lait, la plus nourrissante ! Tu devrais avoir honte !

— Mais non, c'est moi qui la lui ai donnée ! se dépêcha d'intervenir Rosina. Moi, ça me fait vomir !

— Pas de caprices, toi ! Mange ! Et plus vite que ça !

Rosina vomit. Cela recommença chaque fois que la religieuse s'obstina.

À la suite de cela, plus d'une fille lui demanda comment elle s'y prenait pour vomir sur commande. On croyait qu'elle le faisait exprès. Beaucoup de filles continuèrent à la regarder de travers et à l'appeler « chouchoute » ou « princesse au petit pois », mais Rosina s'aperçut qu'elles étaient moins nombreuses de semaine en semaine, tandis qu'augmentait le nombre de celles qui la regardaient avec respect. Tout ça pour un talent douteux, et qu'elle ne possédait pas réellement !

Rosina comprit bientôt que les pensionnaires les plus satisfaites de leur sort, celles à qui l'enfermement pesait le moins, étaient souvent les plus gentilles. Giovanna, par exemple, à qui il suffisait d'avoir le ventre plein pour être de bonne humeur. Si jamais quelque chose la contrariait, un morceau de pain, et ça passait. C'était « un bon diable », comme l'avait dit une fois Angiolina. Malheureusement, sœur Vittorina l'avait entendue, et elle avait récolté des coups de règle sur les doigts pour avoir osé nommer le diable à la légère. « Que je ne t'entende plus jamais utiliser cette expression ! Un démon n'est jamais bon, est-ce clair ? »

Sœur Vittorina n'avait pas l'air très heureuse. Sœur Céleste, si : il suffisait pour s'en rendre compte de l'écouter crier joyeusement « Accélérez le mouvement ! » ou « Redressez-moi ces épaules ! ». Quant à la mère supérieure, impossible de la juger. On ne savait jamais ce qu'elle pensait. Cette caresse occasionnelle sur les cheveux de Rosina était peut-être une gentillesse, mais c'était aussi une injustice envers les autres, celles qui n'avaient pas été recommandées par la dame patronnesse. D'un autre côté, il fallait reconnaître qu'elle ne grondait jamais et ne levait jamais la main sur personne.

Parmi les pensionnaires, Angiolina était probablement l'une des plus souriantes. Peut-être cela venait-il du fait d'avoir une mère vivante, qui venait la trouver assez souvent. Pendant le mois qui suivit l'arrivée de Rosina, elle vint deux dimanches de suite.

Le premier dimanche, Rosina avait attendu Palmira, mais celle-ci ne s'était pas montrée. Rosina s'était sentie complètement abandonnée. Du coup, la semaine suivante, Angiolina demanda la permission de l'emmener avec elle au parloir pour lui présenter sa mère.

Elle avait bien raison d'en être fière. Certes, il manquait à la jeune femme une dent de devant, ce qui gâchait un peu son sourire ; mais du moins souriait-elle ! Elle était habillée très proprement, avec une robe à fleurs qui rappela à Rosina celles que portait Palmira. Elle avait apporté des bonbons, de ceux que les épiciers conservent dans des grands bocaux en verre et qui se vendent au poids ; ils étaient en forme de roue et présentaient chacun une image en couleurs. Angiolina, très grande dame, insista pour que Rosina en prenne un. Ils étaient poisseux et n'avaient aucun goût, sinon celui du sucre, mais à l'orphelinat on ne mangeait pas grand-chose de sucré, et Rosina apprécia beaucoup cette petite douceur.

Angiolina expliqua à sa mère que Rosina n'avait plus ses parents. « Pauvre enfant », dit la femme en la regardant avec compassion. Rosina se sentit effectivement bien à plaindre.

Palmira ne vint que la troisième semaine.

— J'imagine que tu as cru que je t'avais oubliée, ma Ninìn... Mais si tu savais le travail que me donne ta pauvre grand-mère !

— Alors, son état s'est empiré ? demanda Rosina d'un ton neutre, avec « le calme du désespoir », comme on dit dans les livres.

— Mais non, mais non ! Au contraire, ses os sont en train de se remettre en place, selon les docteurs. Ils lui ont dit de commencer à se lever, d'abord avec des béquilles, puis avec une canne. Sauf que...

— Mais elle est presque guérie, alors ! s'écria Rosina sans écouter la suite.

En quelques secondes, elle était passée du désespoir à la joie la plus intense.

— Elle va bientôt venir me chercher ? Ce n'est pas grave si je ne termine pas le trimestre ici, elle peut me donner des leçons elle-même, et à la rentrée je pourrai retourner dans mon école !

Tout redevenait normal, elle n'était plus une orpheline, juste une enfant qui avait passé quelques semaines dans un orphelinat. Mais Palmira coupa bien vite les ailes de cet espoir trop rapide.

— Malheureusement ce n'est pas possible... Ses os sont presque guéris, c'est vrai, mais il y a un autre problème : à chaque fois qu'on essaie de la mettre debout, elle s'évanouit.

— Mais ce n'est pas grave, ça ! Ça lui arrive tout le temps ! Elle s'évanouit pour un oui pour un non, c'est un mal de famille, tu le sais bien ! Je me souviens qu'elle m'a raconté que ça lui est arrivé pour la première fois alors qu'elle était encore petite. Elle était en train de se disputer avec sa tante, même que sa tante a cru que c'était à cause d'elle et qu'elle a eu une peur bleue !

Rosina n'avait jamais vu elle-même grand-mère s'évanouir, mais elle se souvenait qu'elle gardait toujours son flacon de sels à portée de main.

— Je n'ai jamais eu le temps de l'ouvrir avant de tomber, mais si quelqu'un m'en fait respirer cela me permet de revenir à moi plus rapidement, avait-elle expliqué à sa petite-fille.

Palmira secoua la tête.

— C'est vrai, ça lui arrivait, mais seulement de temps en temps. Alors que maintenant, c'est systématique. Je te dis qu'on n'a pas encore réussi à la remettre debout ! Même quand on essaie de l'asseoir, elle fait un malaise. Elle n'est bien qu'en position allongée.

— Alors... elle ne peut pas rentrer à la maison ?

— Qu'est-ce que tu veux qu'elle fasse à la maison dans ces conditions ? À l'hôpital, il y a les infirmières, les docteurs, elle n'est jamais seule. Tu n'as pas idée du soulagement que c'est pour moi de savoir qu'on s'occupe bien d'elle.

Elle la regarda avec beaucoup de douceur.

— Exactement comme c'est un soulagement de savoir que toi aussi, tu es bien traitée, que tu t'instruis et que tu ne manques de rien. Madame s'est mise en colère quand elle a appris ce que j'avais fait ! Tu aurais dû l'entendre ! Pour me crier dessus, elle a retrouvé ses forces, je te le garantis ! Mais ça ne fait rien ; je sais que c'était ce qu'il y avait de mieux à faire.

Rosina avait voulu protester en entendant dire qu'on la traitait bien : « On me force à manger la peau du lait ! » Mais elle n'avait pas réussi à interrompre Palmira. C'était mieux comme ça. Elle pouvait comprendre toute seule que, vu les conditions, il lui fallait être raisonnable.

Avant de repartir, Palmira lui donna des biscuits qu'elle avait préparés elle-même, ainsi qu'une carte postale de la part de grand-mère. L'écriture était la même qu'avant, pointue et rapide. Le texte était laconique :

Chère Rosina,
Je t'écris pour te dire bon courage et à bientôt.
Bisous,
Grand-mère

La carte représentait une colline couverte de lavande. Deux jours durant, Rosina employa tout son rare temps libre à contempler ce magnifique paysage.

L'un des effets positifs de la visite de Palmira fut d'augmenter la popularité de Rosina, maintenant qu'elle avait une réserve de biscuits. Elle en offrit immédiatement un à Angiolina et en distribua d'autres à celles qui le lui demandaient gentiment. Ces quelques douceurs — et la perspective qu'elle avait d'en recevoir d'autres prochainement — améliorèrent sa position sociale, même si ses résultats en classe et en couture restaient médiocres.

En cours, elle aurait pu s'en tirer sans difficulté, mais sœur Vittorina trouvait toujours quelque chose à redire à ses rédactions.

« Quelle imagination débordante ! » disait-elle avec une moue de mépris. Ou encore « Hors sujet, comme d'habitude ! » ou même « Certaines divagations sont pires que des fausses notes ! ».

Mais qu'y pouvait-elle, si son imagination s'envolait ainsi ? Cela avait toujours été le cas, et c'était encore pire ici, où elle tâchait de compenser l'absence de livres en inventant ses propres aventures. De temps en temps, elle profitait d'une rédaction pour relater à toute allure un récit qui lui trottait dans la tête, en le faisant passer pour une histoire vraie. Cela donnait des rédactions tellement longues et tellement mal écrites que la maîtresse refusait de les lire et lui mettait zéro d'office.

Quant aux heures de couture, mieux valait ne pas en parler. Certes, elle avait fait des progrès, mais comparée aux autres cela restait lamentable. Tout le monde — les religieuses, les grandes, ses camarades — lui répétait à quel point elle était nulle. Avec ou sans biscuit, cela suffisait à la faire se sentir inférieure aux autres.

Quoi qu'il en soit, elle savait désormais qu'il n'y avait pas moyen de s'échapper. Il allait bien falloir rester à l'orphelinat jusqu'à ce que grand-mère soit totalement remise. Même s'il ne restait plus que deux mois, c'était une pensée assez déprimante.

Chaque fois qu'on les laissait sortir dans la cour, Rosina regardait comme des compagnons d'infortune les arbres doublement enfermés — derrière leur grille et derrière ces murs si hauts. Qu'y avait-il au-delà ? Une rue, une place, des potagers ?

Les rares fois où elle se risqua à poser la question à ses camarades, elle ne recueillit que des haussements d'épaules. « Qu'est-ce que ça peut te faire, puisqu'on ne peut pas y aller ? »

Elle s'était effectivement vite rendu compte qu'on ne sortait de l'orphelinat que très rarement, et toutes ensemble, comme pour la procession du saint patron. Point final. La mère d'Angiolina n'avait ni le temps ni l'idée de proposer à sa fille d'aller faire une promenade. Les grandes non plus ne sortaient presque jamais, ou alors c'était pour de bon, quand elles avaient trouvé une place dans une blanchisserie, un atelier de couture, une bonne famille.

Rosina se sentait presque en prison. Elle s'en plaignait à Angiolina : « Si seulement je pouvais courir sous des arbres ! » ou « Si seulement je pouvais grimper la rue qui passe devant chez moi, jusqu'au château qui se trouve en haut de la colline ! » ou encore « Si au moins on pouvait voir le paysage par la fenêtre ! ».

L'atelier, qui était au dernier étage, devait avoir une belle vue, mais il était impossible de s'en assurer : les fenêtres étaient trop hautes. Elles étaient là pour fournir de la lumière, pas pour qu'on regarde à travers.

Un matin, elle se lamenta auprès de Giovanna qui tentait de lui attacher les cheveux.

— Arrête de bouger la tête ! ordonna cette dernière.

Puis elle ajouta :

— Si tu cesses de te plaindre, je vais essayer de t'en trouver, moi, une belle vue. Peut-être même dès ce matin.

Elle ne donna pas d'autres explications, mais pendant la pause elle vint demander à sœur Vittorina de la laisser emmener Rosina pour qu'elle l'aide à étendre le linge. Il arrivait de temps en temps que les grandes sollicitent l'aide des plus jeunes pour ce genre de tâche.

Giovanna et une autre jeune fille partirent devant, portant un panier rempli de linge mouillé. Rosina les suivit jusqu'au grenier. On y accédait depuis l'atelier par un escalier étroit. Rosina n'était jamais montée là-haut. C'était une pièce gigantesque, tendue de fils où séchait le linge. Pour que cela aille plus vite, les fenêtres restaient toujours ouvertes.

Trop hautes, celles-là aussi. Mais Giovanna lui donna un conseil :

— Il y a une chaise, là-bas, dans le coin. Grimpe dessus, tu seras juste à la bonne hauteur.

Elle n'avait pas menti. La vue était vraiment superbe ! Un ciel immense, d'un bleu intense, ponctué de nuages blancs et frisés comme des moutons. Des vignes, des vergers, des maisons, des rues blanches de poussière qui descendaient vers la ville. Et au-delà, la ligne ondulée des collines ornées d'anciens châteaux forts.

— Comme c'est beau ! s'exclama Rosina au bout d'un moment.

— Oui, mais ici aussi ! rétorqua Giovanna.

Elle aimait beaucoup l'orphelinat et elle n'en disait jamais que du bien.

Les deux grandes filles étaient en train de terminer leur travail. Le grenier était plein de formes blanches ondulant légèrement sous la brise, comme autant d'anges sur le point de s'envoler.

— Oui, ici aussi c'est beau, admit Rosina.

— Tu vois bien ! Allez, viens. Et merci pour ton aide, au fait ! plaisanta l'autre, alors que Rosina n'avait pas remué le petit doigt.

À partir de ce jour-là, chaque fois que Rosina se sentait prise de claustrophobie, elle songeait à la vue qu'elle avait contemplée là-haut, et cela la soulageait immédiatement.

Grand-mère aussi allait mieux. Ses os s'étaient ressoudés, et elle n'avait plus mal, excepté quand le temps changeait, disait Palmira. Elle était désormais dans un autre service de l'hôpital, où l'on essayait sans grand succès de la guérir de ses évanouissements, ou syncopes, ou collapsus — ces mots lugubres que Palmira avait finalement appris à prononcer après les avoir écorchés quelque temps. Malgré tout, grand-mère devenait peu à peu plus forte, et elle semblait vraiment en voie de guérison. Elle lui envoyait par Palmira des lettres toujours plus longues.

Rosina avait l'impression d'avoir enfin un pied hors de l'orphelinat. Elle devait rester jusqu'à la fin de l'année scolaire, d'accord, mais cela se comptait désormais en semaines et non plus en mois. Elle allait bientôt rentrer chez elle, avec grand-mère, et tout redeviendrait comme avant.

6. Un commandant venu de nulle part

Il ne manquait plus que trois semaines avant les vacances. À l'orphelinat, on ne parlait que de ça. Celles qui avaient la chance d'avoir de la famille allaient rentrer chez elles ; les autres passeraient les heures normalement consacrées aux leçons à jouer, à chanter, à s'amuser. Elles sortiraient, même : non seulement lors de la procession de la Vierge en août, mais aussi pour quelques parties de campagne dans les environs.

Rosina aurait presque pu se mettre à compter les jours, mais elle préférait faire semblant de ne pas y penser, dans l'espoir que le temps passe plus vite. Malgré cela, les journées étaient lentes, longues, interminables.

En plus, l'été s'était installé, et on étouffait. Sœur Céleste pouvait toujours s'époumoner et les houspiller, personne n'avait envie de transpirer, « sainement » ou non.

L'événement advint un jour en début d'après-midi. Rosina était en classe, occupée à faire ses devoirs, plus précisément un exercice d'arithmétique, lorsqu'on frappa à la porte.

— Entrez ! cria sœur Vittorina.

Giovanna apparut. Elle avait l'air tout excitée. Elle alla expliquer quelque chose tout bas à la maîtresse. Sœur Vittorina fit la moue.

— Si c'est l'ordre de la mère supérieure... dit-elle d'un ton désapprobateur.

Elle se tourna vers la classe et appela :
— Rosina !

Celle-ci sursauta. Un pâté apparut sur le cahier.

— Va avec Maria Giovanna. Laisse toutes tes affaires. Ta voisine s'occupera de les ranger.

Angiolina la regarda d'un air interrogateur. Rosina ouvrit de grands yeux pour lui faire comprendre qu'elle ne savait absolument pas ce qui se passait.

Au moins, à défaut d'un adieu, y eut-il cet échange de regards.

Dès qu'elles furent dans le couloir,

Giovanna prit la main de Rosina et la serra, en chuchotant :

— Tu sais que tu vas partir ? On m'a même déjà fait préparer ta valise !

Elle avait l'air émue. Même les filles qui se sentaient chez elles à l'orphelinat voyaient partir l'une d'entre elles avec le plaisir que procure une histoire qui finit bien.

— Ça doit être Palmira qui est venue me chercher en avance, dit Rosina.

Qui d'autre cela pouvait-il être ?

Mais dans le parloir sombre aux persiennes baissées, Palmira n'était visible nulle part. Seuls se trouvaient là la mère supérieure et un vieux monsieur qui tenait un béret à la main.

— La voici, dit la mère supérieure. Nous sommes contentes d'elle. Êtes-vous sûr de vouloir nous l'enlever aussi vite ? Les bulletins scolaires ne sont même pas encore prêts.

— Je viendrai chercher le bulletin plus tard, répliqua l'homme.

Il parlait de manière brusque, décidée, mais pas mal élevée. Il se mit à fouiller dans l'une des nombreuses poches de sa veste bleue, tout en scrutant Rosina de ses yeux perçants. Il avait des sourcils gris aussi épais que des moustaches.

— En attendant, puisque j'ai fait le déplacement je préfère emmener la petite tout de suite.

Il sortit de sa poche une pipe et un sachet de tabac, mais la mère supérieure l'arrêta :

— Je suis désolée, commandant, mais il est interdit de fumer dans cet établissement.

Commandant ? Certes, il avait bien l'air de quelqu'un qui savait se faire obéir. Mais il renonça à sa pipe sans discuter. À l'orphelinat, c'était la mère supérieure qui commandait.

Quelques coups à la porte. C'était à nouveau Giovanna, le visage rouge.

— Tout est prêt, ma mère.

— C'est bien, merci. Va te changer, Rosina.

Dans une petite pièce adjacente au parloir était étalée sur une chaise la robe que Rosina portait quand elle était arrivée à l'orphelinat trois mois plus tôt. Une robe de laine, aux manches longues, pas du tout adaptée à la saison. Elle commença à avoir chaud dès qu'elle l'eut enfilée.

— Tu en as, de la chance ! lui répétait Giovanna.

Elle lui tendit aussi son gros béret et empoigna sa valise. Elles retournèrent au parloir. La mère supérieure mit une dernière fois la main sur la tête de Rosina.

— Sois sage et obéissante.

Ce fut tout. Du moins Rosina savait-elle qu'elle devait obéir à cet inconnu qui la ramenait chez elle. Mais pourquoi n'était-ce pas Palmira qui était venue ?

Giovanna les accompagna jusqu'à la sortie et s'arrêta, saluant Rosina de la main. La sœur tourière ouvrit la porte.

La lumière du dehors était éblouissante, et il soufflait un vent dont elle avait perdu l'habitude. Rosina fit quelques pas, un peu hésitante.

— Je n'ai même pas pu dire au revoir à Angiolina !

— Qui est-ce ?

— Mon amie, ma voisine de classe.

— Il fallait y penser avant, maintenant c'est trop tard !

C'était vrai : la porte du bâtiment était déjà refermée. Elle était enfin dehors. D'où lui venait donc cette absurde envie de pleurer ?

L'homme, le commandant, se mit en route sans se retourner, la valise à la main. Il ne doutait pas qu'elle le suivrait. Qu'aurait-elle pu faire d'autre ?

Elle le rattrapa sans peine. Il y avait quelque chose qui ralentissait son allure : sa jambe gauche n'avait pas l'air très souple, c'était comme s'il devait la tirer derrière lui. Il ne s'appuyait pas sur une canne pour autant.

Rosina ne revenait pas de sa surprise : elle marchait enfin à nouveau dans la rue ! Le bruit, le mouvement l'étourdissaient. Elle remarqua néanmoins qu'ils avaient pris une direction inattendue.

— Où est-ce que nous allons ?
— À la gare, tiens !

Allons bon. On allait prendre le train. On allait dans une autre ville. Mais pourquoi ? Où donc l'emmenait-il ?

Soudain, il s'arrêta et posa la valise par terre pour extraire sa pipe de sa poche. Il se mit en devoir de la bourrer. Rosina s'agita : ne risquaient-ils pas de rater le train ? Grand-mère insistait toujours sur la nécessité d'être ponctuel, particulièrement quand on voyage.

— On ne va pas arriver trop tard ? s'inquiéta-t-elle.

Le commandant avait allumé sa pipe et en tirait avec satisfaction les premières bouffées. Il répondit par une phrase très mal élevée :

— Seuls les fous se lèvent tôt pour faire caca plus haut !

Rosina ouvrit de grands yeux. Quel était le rapport ? Il dut comprendre son étonnement, car il ajouta, plus prosaïquement :

— Il y en a beaucoup, des trains !

Autrement dit, si on en ratait un, on pouvait toujours prendre le suivant. C'était rassurant. Le commandant se remit en route, soufflant de la fumée à des intervalles réguliers. Il avait presque l'air de marcher à la vapeur, comme un bateau.

On arriva enfin à la gare, un bâtiment énorme, immense, bruyant et enfumé. Le commandant fit la queue à un guichet et acheta un billet en troisième classe. Un seul : il avait donc déjà son propre billet. Il avait dû prendre un aller-retour pour venir. Ce qui étonna Rosina fut la troisième classe. Avec grand-mère, elle voyageait toujours en deuxième classe, et pourtant grand-mère était devenue presque pauvre après la guerre. Ce commandant était-il donc pauvre pour de bon ?

Le train était déjà sur le quai. La troisième classe était presque pleine. Débrouillard, le commandant réussit pourtant à trouver un compartiment dans lequel les banquettes de bois offraient deux places libres, l'une en face de l'autre. Entre Rosina et la fenêtre se trouvait une grosse dame vêtue de noir, avec un grand sac en toile sur les genoux. À côté d'elle, Rosina avait plus chaud que jamais. Tout la grattait : le cou, les jambes, les cheveux... une véritable torture.

— Tu es toujours aussi rouge ? demanda sans aucun tact le commandant.

— C'est parce que j'ai chaud !

— Elle n'a pas tort, la pauvrette ! intervint la grosse dame.

Dommage que sa voisine prenne tant de place : Rosina voyait à peine la fenêtre. Elle pouvait tout juste distinguer un angle de paysage. Elle vit défiler des toits, des jardins, des vignes, des champs. Le train s'arrêtait souvent, toutes les dix minutes environ. Mais l'homme, qui fumait tranquillement, ne donnait pas l'impression qu'ils allaient descendre bientôt.

Mais nom d'un chien, où allaient-ils ?

Il n'y avait qu'un seul moyen de le savoir.

— Commandant... attaqua-t-elle.

Elle n'eut pas le temps d'aller plus loin.

— Inutile de faire des façons. Ça ne t'écorcherait pas la bouche de m'appeler pépé, j'espère ?

Rosina en resta bouche bée. Puis elle balbutia :

— Mais... mon grand-père est mort !

La preuve, grand-mère était veuve.

— Seulement l'un des deux. Tu ne savais

pas qu'il t'en restait un ? On t'a vraiment élevée avec un bandeau sur les yeux, hein ?

Rosina se souvint à l'improviste de certaines informations qu'elle avait soutirées à Palmira. Son grand-père paternel avait été marin, comme tous les hommes de sa famille, comme papa lui-même avant que la guerre ne l'oblige à prendre place derrière un canon... et à y mourir. Grand-mère ne lui avait jamais rien dit à son sujet. Grand-mère n'évoquait jamais les sujets déplaisants. Ce grand-père représentait-il donc pour elle un sujet déplaisant ?

Ils avaient parlé fort, pour couvrir le bruit du train. La grosse dame en noir semblait alléchée par leur discussion insolite. En deux mots, le commandant changea le tour de la conversation :

— Qu'est-ce que tu voulais me demander ?

Elle dut y penser quelques secondes avant de s'en souvenir.

— Ah oui ! Je voulais juste savoir où est-ce qu'on allait.

C'était devenu beaucoup moins important, si c'était son grand-père qui l'accompagnait. Logiquement, il pouvait l'emmener où bon lui semblait.

— À Borghetto.

Elle avait déjà entendu ce nom. C'était celui

du village de naissance de son père. Elle fut bien contente de savoir au moins cela.

Pendant un moment, elle se tut, assommée à la fois par la chaleur et par ce qu'elle venait de découvrir. De temps en temps, quand le train s'arrêtait, elle essayait de lire le nom de la gare, peint sur le mur en grandes lettres blanches. Un arrêt, encore un, un autre. Cela n'en finissait pas.

Une autre question lui vint à l'esprit.

— Commandant... enfin, je veux dire, pépé !
— Oui ?
— Je croyais que... On m'avait dit qu'au moment des vacances je retournerais chez grand-mère... Est-ce que... Enfin... Si elle ne peut pas me garder, est-ce que cela veut dire qu'elle va de nouveau mal ?

— Mais non ! (Le commandant eut un rire bref.) Au contraire. Elle va tellement mieux que les docteurs ont décidé de la renvoyer chez elle, d'accord ou pas d'accord. Ne t'inquiète pas trop pour Mme Teresa, va. Si mes souvenirs ne me trompent pas, c'est une femme solide !

Le train ralentit, une fois de plus. Mais, cette fois-ci, le commandant se leva et fit un petit signe de tête à la grosse dame, comme pour lui signifier qu'elle ne saurait rien de plus à leur sujet.

— Nous sommes arrivés.

En descendant sur le quai, Rosina ne regarda même pas autour d'elle, décidée à ne pas se laisser distraire.

— Mais alors, si elle va mieux, pourquoi est-ce que je ne peux pas rentrer à la maison ?

— Parce que tu viens chez moi.

Quelle explication satisfaisante ! Heureusement, après une nouvelle bouffée de fumée, il poursuivit :

— C'est votre Palmira qu'il faut remercier. Elle était très inquiète à l'idée de devoir s'occuper en même temps d'une vieille dame encore un peu vacillante et d'une gamine en vacances. D'un autre côté, elle n'avait vraiment pas le courage de te laisser enfermée à l'orphelinat pendant tout l'été. Du coup, elle a eu une idée de génie. Elle m'a écrit. Et je n'ai pas laissé passer l'occasion. Je peux bien te garder un peu, moi aussi ! Chacun son tour, non ?

Elle était d'accord. Mais elle sentait bien qu'il restait des questions en suspens. La phrase du bandeau sur les yeux, par exemple, était assez insultante envers grand-mère. Et puis cette remarque sur le fait que

Mme Teresa était une femme solide « si mes souvenirs ne me trompent pas » : autrement dit, ils se connaissaient, ou s'étaient connus. Et alors pourquoi est-ce que Rosina n'en avait même jamais entendu parler ?

Ils sortirent de la petite gare et débouchèrent sur une place où se tenait un marché. On ne voyait pas la mer, mais on la sentait ; le vent qui faisait bouger les vêtements en vente sur leurs cintres avait une odeur salée. Rosina continuait à transpirer abondamment. Le commandant dut s'en apercevoir, car il proposa :

— Viens, Annetta, essayons de te trouver des vêtements plus adaptés.

Voilà autre chose. Annetta ? D'où sortait ce nom ?

— Je m'appelle Rosina, corrigea-t-elle.

— Mais ton premier nom, c'est Anna, comme ma défunte épouse, rétorqua l'autre sans se démonter.

Il avait raison. Sur les bulletins scolaires et les documents officiels, elle portait deux prénoms : Anna et Rosa. Anna, comme son autre grand-mère, celle à laquelle elle n'avait jamais songé. Il y en avait, des choses auxquelles elle n'avait jamais songé. Peut-être avait-elle vraiment grandi avec un bandeau sur les yeux.

Le commandant acheta une petite jupe en toile bleue, une paire de sandales et deux maillots aux manches courtes, respectivement à rayures blanches et bleues et blanches et rouges. Tous les commerçants avaient l'air de connaître le commandant et le saluaient avec un mélange d'estime et de familiarité.

La vendeuse de vêtements fut très gentille. Elle se posta devant Rosina pour l'aider à changer de tenue et la cacher aux regards indiscrets. Puis elle mit dans un sac la robe en laine, les chaussures, les collants, le maillot en plus, et même le béret.

— Tu vas te sentir mieux comme ça ! s'exclama-t-elle.

Rosina essaya de ne pas songer à ce que grand-mère aurait dit si elle l'avait vue se promener tête nue. Au minimum l'aurait-elle menacée d'une insolation.

Mais comme la marchande avait raison ! Elle se sentait tellement mieux sans ses collants, sans couvre-chef, sans cette horrible robe trop chaude ! Le petit vent de l'après-midi lui caressait le cou, les cheveux, les bras : c'était si agréable !

Le commandant la regarda avec satisfaction.

— Au moins, tu ne risques pas de fondre pendant la montée !

En effet, il habitait à Haut-Borghetto, au sommet de la colline ; on y accédait par un escalier interminable qui courait le long des maisons. Il fallait voir le vieil homme grimper droit, sans s'essouffler, malgré sa jambe raide et la valise qu'il portait. Il faut dire qu'il se tenait fermement à la rampe de fer, et que ses bras avaient l'air costauds.

— Retourne-toi, ordonna-t-il quand ils eurent gravi environ la moitié des marches.

Dans les contes, il faut toujours résister à la tentation de se retourner : c'est une règle absolue. Mais il n'y avait pas moyen de désobéir à ce ton-là. Elle se retourna donc, et s'exclama :

— Oh !

En contrebas, des maisons s'étalaient jusqu'au rivage ; au-delà, une mer immense ponctuée de navires rejoignait à l'horizon un ciel traversé par des mouettes.

— C'est mieux que l'orphelinat, non ?

— C'est tout le contraire ! Là-bas, il n'y avait que des pièces et des couloirs fermés ; ici, il y a tout l'espace qu'on veut !

Elle se souvint de sa visite au grenier et pensa à Giovanna et à Angiolina. Elle les avait quittées trois heures plus tôt. Cela semblait incroyablement loin.

Après cela, elle ne gaspilla plus son souffle à parler. Elle le conserva pour la montée.

Enfin, ils s'arrêtèrent devant l'une des dernières maisons, tout en haut. Derrière le portail, on voyait un escalier raide et étroit, aux marches en ardoise.

— Un dernier effort, et on y est. Allez, avance, Annetta.

Ce nom la prit une seconde fois par surprise. Elle tenta de protester :

— Mais je suis habituée à ce qu'on m'appelle Rosina.

— Tu as été Rosina depuis que tu as commencé à habiter avec ta grand-mère. Tu avais à peu près deux ans. Tu peux bien être Annetta pour quelque temps.

S'il y tenait tant que ça...

C'était bizarre, cependant, d'avoir à changer de nom. Comme si elle avait soudain été divisée en deux êtres différents, qui ne vivaient même pas au même endroit : Rosina chez grand-mère, Annetta chez pépé.

Elle se demanda si cela lui plairait, d'être Annetta. Quelque chose lui disait que cela allait probablement être très excitant.

7. À Borghetto

Les différences entre Rosina et Annetta sautaient aux yeux.

Pour commencer, elles n'avaient pas la même coiffure. Rosina avait toujours connu le nœud en forme de papillon. À l'orphelinat, il y avait eu l'intermédiaire des couettes. Les premiers temps à Borghetto, Annetta essaya de se les faire toute seule. Pépé la laissa se battre avec les élastiques pendant qu'il allait et venait en chantant ; mais sans en avoir l'air, il ne la perdait pas des yeux. Elle avait beau tourner les élastiques dans tous les sens, il n'y avait pas moyen de les faire tenir en place. Finalement, il intervint.

— Tu y tiens vraiment, à te les coiffer comme ça ?

— Pas du tout ! Mais maintenant qu'ils sont longs, il faut bien que je les attache.

— Si tu veux, je te les coupe. Ça te simplifiera la vie.

En la voyant un peu inquiète à l'idée de lui confier sa chevelure, il ajouta :

— Ne t'en fais pas, j'ai l'habitude, et je suis assez adroit. Un marin doit savoir tout faire.

Et effectivement, le résultat fut tout à fait satisfaisant. Ses cheveux étaient plus courts qu'ils ne l'avaient jamais été, avec une petite frange parfaitement droite sur le front. C'était vraiment pratique. Annetta apprit même à se les laver toute seule, dans la cuvette en émail, avec un savon et un broc d'eau tiède pour les rincer.

Voilà justement un autre domaine dans lequel Rosina et Annetta se comportaient complètement différemment : la toilette. À la maison, Rosina se lavait avec l'aide de Palmira, qui lui faisait couler son bain et s'occupait d'elle. Ici, il n'y avait même pas de salle de bains. Le matin, pépé se préparait deux grands brocs d'eau et s'enfermait avec dans sa chambre, d'où on l'entendait souffler comme un phoque. Il se frottait et se refrottait si bien qu'il en sortait propre comme un sou neuf.

Le premier matin, Annetta l'avait regardé

avec envie. Au cours des derniers mois, elle n'avait pas pu se laver souvent, et jamais à fond. Elle mourait d'envie de se débarrasser de l'odeur de l'orphelinat qui lui collait à la peau.

— J'aimerais tant prendre un bain ! s'exclama-t-elle. Mais il n'y a pas de baignoire...

— Ne te plains pas, c'est déjà bien d'avoir l'eau courante dans la cuisine et aux cabinets ! Ce n'est pas le cas de tout le monde, tu sais. Pour ton bain, je m'en occupe.

En un quart d'heure, il avait tout préparé. L'opération devait prendre place dans la petite pièce où Annetta avait dormi, l'ancienne chambre de papa. Pépé y apporta une grande marmite d'eau bouillante, un broc d'eau froide, une serviette rêche comme un gant de crin et un grand baquet en métal. Il déposa le tout dans le coin consacré à la toilette, près de la cuvette où on se lavait les mains, et versa dans le baquet de l'eau chaude et de l'eau froide. Enfin il annonça :

— Elle est juste à la bonne température. Dépêche-toi d'en profiter.

Il la laissa seule. Annetta entra dans le baquet et se savonna de la tête aux pieds. Après, elle dut vider l'eau savonneuse du baquet dans le seau qui était fait exprès pour ça sous la cuvette pour les mains, et elle se rinça avec l'eau qui restait. C'était un véritable délice. Et elle fut agréablement surprise de constater qu'avec cette rude serviette on se séchait en un clin d'œil.

Une autre différence importante concernait les toilettes. Les « cabinets » de pépé ne ressemblaient pas du tout au « petit coin » de chez grand-mère, avec ses vitraux colorés. Ici, la petite fenêtre était occupée par une plante en pot aux longs rameaux. Et au lieu du papier hygiénique, que l'on ne trouvait peut-être pas dans les magasins de Borghetto, pépé avait accroché à un fil de fer des morceaux de papier journal.

Il les préparait lui-même, méthodiquement : des dizaines de rectangles de papier de la même taille qui, au premier coup d'œil, avaient l'air tous semblables. Mais ils ne l'étaient pas. L'un d'eux annonçait au recto un accident de route mortel, et faisait au verso la réclame d'une lotion pour faire pousser les cheveux. Un autre régalait les lecteurs d'une petite histoire comique dont on ne savait pas comment elle commençait. Un troisième racontait une anecdote à laquelle il manquait la fin.

Dans l'autre pièce, pépé chantait, sans paroles, *bom bom bom bom*. Et puis :

— Hé ! Annetta ! Tu peux m'expliquer ce que tu leur trouves, à ces cabinets ? Ça fait une demi-heure que tu es là-dedans ! Qu'est-ce que tu fabriques ?

— Rien, rien, j'arrive !

Une fois dehors, elle se décida à avouer :

— J'étais en train de lire. Tu sais, comme je n'ai pas de livres...

— Mais tu en as dans ta chambre, des livres ! Jette un coup d'œil dans le coffre sous la fenêtre. Il n'est pas fermé à clef, tu aurais pu l'ouvrir tout de suite.

Le coffre en question était peint en vert, avec un dessin représentant une sirène. La sirène ne portait pas de vêtements, mais elle n'était pas scandaleuse, seulement belle et antique, avec ses couleurs passées. Ce meuble était le seul bagage qu'avait emporté pépé quand il s'était embarqué pour la première fois sur un voilier, bien des années auparavant.

Annetta souleva le couvercle. À l'intérieur, il y avait un petit bateau en bois, un pipeau, trois ou quatre autres jouets du même genre. Et puis des livres. Beaucoup de livres. Au moins quarante. Pas tous en très bon état :

on voyait bien qu'ils avaient été lus et relus maintes et maintes fois.

— Ton papa adorait lire, confirma le commandant. Moi, je n'ai jamais vraiment pris le temps. J'ai commencé à naviguer à douze ans et je n'ai plus arrêté jusqu'à ce que...

Au lieu de terminer sa phrase, il frappa de la paume de la main sur sa mauvaise jambe. Pendant ce temps, Annetta sortait l'un après l'autre les livres du coffre et les feuilletait.

Les illustrations représentaient des guerriers noirs aux longues lances, des chevaliers en turban, des Peaux-Rouges, des navires pris dans des tempêtes, des ours polaires, des tigres, ce genre de choses.

— Mais ce sont des livres pour garçons ! s'exclama-t-elle, déçue.

Le commandant leva les yeux au ciel.

— Qu'est-ce que tu croyais ? Je t'ai dit qu'ils appartenaient à ton père ! Mais tu voulais des livres, maintenant tu en as, non ? Alors, attrape le premier qui vient et lance-toi ! Tu verras bien si ça te plaît ou pas !

En voyant les titres et les images, Rosina aurait tout de suite pensé que ces livres un peu effrayants ne lui « convenaient » pas.

Annetta, elle, n'eut aucune hésitation et fut tout de suite prête à se laisser inviter.

Il y avait là *Les Enfants du capitaine Grant* — une histoire de marin comme pépé —, et aussi *Voyage au centre de la Terre* (rien que ça !). Et puis *Les Mystères de la jungle noire*, *Les Tigres de Mompracem*, et des corsaires de toutes sortes, en particulier un certain corsaire toujours vêtu de noir, avec un homme nommé Morgan à ses ordres, qui naviguait et se bagarrait dans la mer des Caraïbes.

Et puis il y avait les Indiens d'Amérique, qui avaient l'habitude — quelle horreur ! — d'arracher aux Blancs qu'ils massacraient la peau du crâne, encore couverte de cheveux. (En échange, les Blancs les accueillaient toujours à coups de carabine.) Quant aux Indiens d'Inde, il y en avait certains dont le sport favori consistait à étrangler les gens par surprise, avec un lacet long et fin.

Annetta n'avait pas la moindre idée d'où étaient ces lieux, l'Inde, Mompracem, les Caraïbes. En revanche, le commandant les avait tous visités, et il aimait en parler. Souvent, même, il commençait à discourir exprès pour l'interrompre, car si on l'avait laissée lire, elle n'aurait fait que ça toute la journée, maintenant qu'elle avait des livres à sa disposition.

Elle ne comprenait pas très bien pourquoi elle s'intéressait à ces histoires d'adultes, à ces aventures de pirates. Elle avait commencé avec *Les Enfants du capitaine Grant*, parce que, au moins, il y avait des enfants parmi les personnages. Mais quand elle passa aux récits d'étrangleurs et de chasseurs de serpents, elle trouva cela tout autant passionnant.

Pépé, jetant un regard sur le livre ouvert, découvrait le nom d'un pays lointain, d'un animal féroce, d'un arbre exotique, et il saisissait ce prétexte pour prendre la parole et lui faire lever les yeux.

— Des mangroves ? J'en ai vu, souvent. Elles poussent sous l'eau. Leurs racines sont gigantesques : sans quoi, dans la vase, elles ne tiendraient pas longtemps. C'est aussi dans ces marécages qu'on trouve des poissons aux yeux globuleux qui réussissent à passer d'un étang à l'autre en se propulsant dans la boue avec leurs nageoires. Quand les mâles veulent trouver une fiancée, ils bondissent hors de l'eau pour se faire voir de loin.

Annetta riait à l'idée des poissons qui veulent se fiancer.

— C'est vrai, tu sais ! Là-bas, tout est plat,

et l'eau n'est jamais très profonde. Si un monsieur poisson ne sautait pas aussi haut que possible, les dames poissons ne s'apercevraient jamais de son existence, et il resterait célibataire toute sa vie !

Il raconta aussi l'histoire d'un malheureux qui avait un jour fait naufrage dans les mers de la Mélanésie, un archipel d'îles de toutes tailles où les gens ont la peau noire comme du charbon. Il ne s'était pas noyé parce que, quand le navire avait coulé, il avait réussi à s'accrocher à une cassette qui flottait dans les parages.

— Le Seigneur avait dû le voir de là-haut par un petit trou.

C'était une phrase qu'il répétait souvent et qui plaisait à Annette. Elle s'imaginait le ciel comme un grand couvercle percé, et le Seigneur en train de regarder furtivement par les trous pour voir si quelqu'un, sur la terre, avait besoin d'aide.

Les courants avaient ensuite jeté le naufragé sur la plage d'une île habitée par des sauvages bien aimables, qui l'avaient adopté sans faire d'histoires.

— Bien des années après, poursuivit pépé, voilà qu'un navire accoste sur l'île. Le capitaine descend avec quatre hommes pour faire des provisions d'eau fraîche et de fruits : il leur fallait à tout prix éviter le scorbut.

Annetta approuva de la tête. Pépé lui avait déjà expliqué ce qu'était le scorbut.

— Les sauvages les accueillent avec tous les honneurs et les présentent à leur roi, un homme orné de colliers de fleurs, et aussi noir que les autres, probablement à cause du soleil. Le capitaine n'a pas le moindre espoir d'être compris mais, par politesse, il se présente et explique qu'il vient de Borghetto. Et voici que le roi lui fait :

— C'est vrai ? De Haut-Borghetto ou de Bas-Borghetto ?

— C'était le naufragé !

— Absolument !

Pépé avait une autre technique pour la tirer hors de ses livres quand il voyait qu'elle y était plongée depuis trop longtemps : il se faisait aider dans les tâches ménagères.

Rosina avait toujours eu l'habitude que les choses se fassent toutes seules : chez elle, le linge devenait propre, les repas étaient préparés à temps, les sols étaient lavés régulièrement. Il ne lui serait jamais venu à l'idée de proposer son aide à Palmira ou à grand-mère.

Mais à Borghetto...

— Annetta, viens râper le fromage, je fais des pâtes au pistou !

— J'arrive ! Je finis ma page !

— Dépêche-toi ! Tu crois que les pâtes vont t'attendre ?

Et il fallait bien se lever, abandonner le livre, sortir la râpe et se mettre au travail, pendant que pépé nettoyait le basilic et l'écrasait dans son mortier avec des pignons.

Ou alors :

— Tu veux bien laver et couper les tomates pendant que je termine d'astiquer mes instruments ?

Les instruments en question étaient une boussole, un sextant et trois ou quatre longues-vues qui devaient toujours briller comme des miroirs.

Pépé cuisinait bien, dans un style différent de celui de grand-mère. Pas de béchamel, de crèmes, de gratins. Plutôt des pâtes au pistou, ou à la sauce tomate, fraîche et odorante ; des poissons frits ; des minestrones* à se mettre à genoux devant.

— C'est grâce aux légumes. Ils sont bons en cette saison, expliquait-il.

---

* Le minestrone, spécialité italienne, est une soupe qui rassemble toutes sortes de légumes coupés en morceaux ainsi que des pâtes.

Il avait son propre potager : deux bandes de terrain séparées par un muret en brique, derrière la maison. On y accédait par la porte-fenêtre de la cuisine. Elle donnait sur un petit pont de fer qui résonnait sous les pieds.

Il y avait très peu d'espace disponible, à peine deux mouchoirs de poche, mais pépé utilisait le moindre recoin. Des haricots verts, des flageolets, des citrouilles poussaient le long de hautes tiges en bois. Les tomates, elles, poussaient dans d'anciens petits bidons d'huile d'olive en métal. Ces derniers étaient alignés des deux côtés du petit pont et sur toute la longueur du muret.

— Ça permet de gagner de la place, expliquait pépé avec satisfaction.

Il avait montré à Annetta comment reconnaître les herbes à arracher. Il fallait toutes les ôter sans discuter, y compris les petites fleurs bleues qu'elle trouvait si jolies.

— Les plantes perdent leurs forces quand elles sont entourées par des mauvaises herbes. Un potager, ça doit être parfaitement propre.

Il utilisait sa binette pour gratter autour des plantes, avec prudence, presque avec respect, comme s'il aimait beaucoup la terre.

— Je croyais que ta passion, c'était la mer ! avait fait remarquer Annetta.

— Justement. C'est à force d'aller sur l'eau que l'on comprend à quel point on est attaché à la terre. Comme la bernicle au rocher.

Une autre de ses expressions favorites.

Dans des bidons de fer-blanc plus petits que ceux des tomates, il faisait pousser des géraniums qu'il installait sur le rebord des fenêtres de la salle à manger et de sa chambre. Annetta s'installait souvent à la fenêtre pour contempler la mer, avec ses navires à l'horizon, les nuages, les mouettes. Cette étendue infinie lui faisait toujours autant d'effet. Peut-être que sans ces quelques mois au collège, elle ne l'aurait pas regardée de la même manière.

Elle aimait bien aussi regarder les géraniums, avec leurs fleurs rouge sang, leurs feuilles épaisses comme du velours. Un jour, Rosina (à cet instant-là, elle fut de nouveau Rosina) se souvint que grand-mère n'en avait aucun dans son jardin. Elle le fit remarquer :

— Grand-mère n'aime pas les géraniums. Elle dit que ce sont des fleurs très communes.

Pépé avait sa pipe à la bouche. Il souffla un nuage de fumée avant de répondre.

— Elle a bien raison. Mme Teresa est une dame très comme il faut ; elle ne se trompe jamais. Mais figure-toi que ces fleurs tellement communes sont les seules qui résistent au suroît ou au mistral.

Annetta ne connaissait ni le suroît ni aucun autre vent ; en revanche, elle était certaine que la remarque de pépé sur grand-mère n'avait pas été formulée comme un compliment.

Rosina aurait souffert en silence. Mais Annetta serra les poings dans ses poches et dit, d'une voix qui tremblait à peine :

— Je ne veux pas que tu dises du mal de grand-mère ! Tu n'as pas le droit !

Il la regarda en silence. Il était difficile de lire l'expression de ses yeux, sous ses sourcils touffus. Il répondit d'un ton innocent :

— Qu'est-ce que j'ai dit de mal ? J'ai juste dit que c'était une dame très comme il faut. C'est vrai, non ?

Mais à partir de ce jour-là, quand il devait la nommer, il l'appelait « ta grand-mère » et non plus sarcastiquement « Mme Teresa ».

Regarder par la fenêtre et lire des livres d'aventures était pour Annetta l'équivalent de ce qu'avait été la récréation pour Rosina, à l'orphelinat. Mais comme les religieuses, pépé avait tôt fait de la rappeler à ses devoirs.

— Tu appelles ça faire le lit ? On dirait la niche d'un chien !

Et il fallait recommencer en tirant bien sur les draps et sur la couverture, pour que tout soit impeccable.

— Après ton petit déjeuner, tu pourrais laver ton bol toi-même, il me semble. Ou bien tu estimes que c'est à moi de le faire ?

Et il fallait répondre que non, bien sûr, et se précipiter sur l'évier.

Elle était justement en train de rincer sa tasse, un matin, quand elle entendit un grattement à la porte-fenêtre de la cuisine. Le commandant répondit :

— J'arrive ! Une seconde !

Il avait parlé avec désinvolture, mais il se mit presque à courir, en tirant derrière lui sa jambe « détraquée » (le mot était de lui) pour arriver plus vite.

Derrière la porte se trouvait un chat noir aux pattes blanches. Il entra tranquillement, comme quelqu'un qui est chez lui. Il était sale, le poil en désordre, une oreille un peu déchirée, comme un chat de gouttière qui revient d'innombrables batailles.

— Te revoilà, voyou ! gronda pépé, faussement sévère. On peut savoir quelles bêtises tu as faites ces derniers jours, Morgan ?

— Morgan ? fit Annetta, curieuse. Tu l'as appelé comme le lieutenant du *Corsaire noir* ?

— C'est bien possible. Ton père prononçait souvent ce nom, Morgan.

Pépé avait une voix un peu plus enrouée que d'habitude, peut-être à cause de la pipe.

— En tout cas, si c'est un nom de pirate, ça lui va très bien, à ce garnement.

— Je peux le caresser ?

— Non, attends encore un peu. Laisse-lui le temps de s'installer et de manger. Après, il sera plus disposé à faire amitié.

Le chat se frotta contre le pantalon du commandant, faisant clairement comprendre qu'il voulait bien manger, effectivement.

— Il faudrait aller acheter du lait, il n'y en a plus. Vas-y toi, Annetta, tu es plus rapide. Et pendant que tu y es, prends aussi une demi-douzaine d'œufs, et deux cents grammes de lard. Et passe aussi chez le boulanger chercher du pain.

Annetta se rendit compte que depuis son arrivée, trois jours plus tôt, pépé n'était pas sorti faire de courses. Il avait seulement acheté des poissons à une femme qui était passée devant la maison en criant :

— Ils sont beaux, mes anchois !

Pour le reste, il s'était débrouillé avec ce qu'il y avait dans son garde-manger et avec les légumes du potager.

Peut-être que depuis qu'il était venu la chercher à l'orphelinat, sa jambe lui faisait mal. Il la mettait souvent au repos, l'allongeant sur une chaise pendant qu'il regardait la mer avec une longue-vue. À la maison, il se déplaçait sans peine, parfois en s'appuyant sur un meuble ou en se hissant à l'aide des bras. Mais sortir, c'était une autre histoire.

« Quand je pense que j'ai deux grands-parents, pensa Annetta, et qu'ils sont tous les deux plus ou moins infirmes ! »

En attendant, elle restait là, les bras ballants.

— Qu'est-ce que tu attends ? demanda pépé, impatient.

Elle partit, avec un panier et un petit porte-monnaie. Elle se sentait importante. Mais c'était bizarre d'être dehors toute seule, et tête nue de surcroît.

La partie haute de Borghetto n'était pas seulement constituée de maisons bordant une longue montée. Au sommet de la colline se trouvait une église, et à côté une petite place entourée de magasins. Il y avait là un charbonnier qui vendait aussi des pommes de terre, et un laitier chez qui l'on pouvait acheter des œufs. Pour le lard, il fallait aller dans une autre boutique où l'on trouvait de tout, y compris du pétrole pour les lampes et des pâtes un peu grises qui coûtaient moins cher que les autres.

Dans chaque magasin, les gens l'accueillirent avec un grand sourire. Tout le monde savait qui elle était.

— Bonjour, Nettin !

Spontanément, ils utilisaient tous ce diminutif d'Annetta, déjà un diminutif en soi, pourtant.

— Dis bien le bonjour au commandant de ma part ! Et si vous avez besoin de quelque chose et qu'il n'a pas le temps de venir, viens me prévenir, je vous l'apporte !

— Merci, répondit Annetta, toute sérieuse. Mais je suis là pour l'aider, maintenant.

C'était sorti tout seul.

À son retour, elle trouva deux dames installées dans leurs chaises juste à côté du portail de la maison, occupées à discuter tout en tricotant des chaussettes. Leurs langues allaient certainement plus vite que leurs aiguilles. Elles poussèrent des cris de joie en la voyant.

— Viens ici, Nettin ! Viens que je te regarde ! dit la plus âgée, la voisine de dessous.

Elle l'attira devant elle et la regarda longuement, presque au point de l'intimider. Puis elle sourit et lui caressa la main.

— Tu lui ressembles, à ta grand-mère, que Dieu ait son âme.

Son autre grand-mère, donc, Annetta, la femme du commandant.

— C'était une femme qui avait le cœur sur la main. Nous étions amies depuis toutes petites, nous avions appris à coudre chez la même maîtresse. Et une fois devenues adultes, heureusement que nous habitions l'une près de l'autre, pour pouvoir nous donner un coup de main de temps en temps, avec nos maris toujours au large !

Seulement à partir de ce moment-là, Annetta commença à penser à son autre grand-mère comme à quelqu'un de réel. Elle sourit à l'idée que Rosina avait hérité sa figure de petite fille sage justement de cette autre Annetta qui avait « le cœur sur la main ».

À la maison, elle retrouva pépé en train de chantonner *bom bom bom bom*, comme d'habitude.

— Voici les courses, commandant !

Elle posa le panier et alla regarder la photographie encadrée de coquillages qui trônait dans la chambre de pépé, sur sa table de chevet. Sa grand-mère y était encore jeune, un peu pâle, peut-être parce que, avec le temps, le portrait s'était éclairci. Mais elle souriait.

— Annetta, l'appela pépé, viens voir ce pirate qui joue au chat domestique !

En effet, le chat s'était installé sur l'une des chaises de la cuisine et donnait l'impression de n'en être jamais parti. Il avait fait sa toilette à coups de langue, et son pelage était déjà bien plus lisse et propre qu'avant.

— Il fait toujours comme ça, quand il revient de ses escapades. Il redevient un vrai chat de compagnie, il mange du pain trempé dans du lait comme s'il n'avait jamais fouillé dans une poubelle ou chassé un lézard. Les seules fois où il sort, il va dans le potager pour faire ses besoins ou pour se coucher au soleil sur le muret.

Pendant qu'il parlait, Annetta s'était enfin approchée du chat. Ce dernier accepta placidement ses caresses.

— Regarde, pépé, nous sommes devenus copains ! Tu sais, grand-mère...

Elle s'interrompit. Ne valait-il pas mieux préciser, maintenant qu'elle se souvenait qu'elle avait aussi eu une autre grand-mère ?

— ... grand-mère Teresa, elle a deux canaris. Ils s'appellent Pippetto et Clementina. Ils sont très mignons, ajouta-t-elle avec nostalgie.

Le commandant eut un petit rire :

— Si tes mignons petits canaris étaient ici, Morgan n'en ferait qu'une bouchée, j'en ai bien peur !

— Mais ils sont dans une cage !

— Bah ! Avec un peu de temps devant lui, Morgan réussirait sûrement à les attraper, même dans leur cage.

— Alors heureusement qu'ils n'habitent pas dans la même maison !

Pépé émit un grognement d'approbation. L'idée qu'il aurait pu vivre avec son chat dans la même maison que grand-mère et ses canaris ne lui plaisait visiblement pas tellement. Annetta eut encore une fois l'impression que quelque chose lui échappait.

Elle y réfléchirait plus tard. Là, maintenant, avec le soleil, le vent, et la mer, elle avait d'autres choses en tête.

8. Sur la plage

C'était une véritable tentation que cet océan qui s'affichait sous ses yeux chaque fois qu'elle se mettait au balcon. En été, grand-mère envoyait parfois Rosina à la plage, accompagnée par Palmira. Mais, à Borghetto, pépé ne manifestait pas l'intention d'emmener Annetta où que ce soit.

Il avait l'air de trouver suffisant qu'Annetta passe son temps à discuter avec lui, à l'aider dans les tâches ménagères et à s'immerger dans la lecture des livres de papa. Dans ses moments libres, lui-même regardait l'horizon avec une longue-vue, fumait la pipe et étendait sa jambe détraquée sur une chaise.

— Ça te fait mal, pépé ?

— Parfois, quand le temps change, ou quand j'en ai fait un peu trop. Cela passera.

— Comment est-ce que tu te l'es cassée ?

— Elle ne s'est pas vraiment cassée. Ça s'est passé au large de Madagascar. À cause d'un tonneau qu'un bon à rien avait mal élingué — élinguer signifie accrocher, fixer. Il s'est détaché et a roulé vers moi. Ma jambe s'est trouvée prise en tenaille entre le tonneau et le mur de la cale. Quand on m'a dégagé...

Pause, nuage de fumée.

— Oui ? Quand on t'a dégagé ?

— L'os ne s'était pas rompu, mais les muscles s'étaient déchirés. Ils ont fini par guérir, avec le temps, mais ils ne fonctionnent plus aussi bien qu'avant.

Il se tut un instant, puis continua d'une voix égale, comme s'il s'agissait de la suite de l'histoire :

— Madagascar est un endroit plein de petits singes adorables. Certains d'entre eux ont un pelage de feu et un museau comme celui d'un lionceau. Ils ont même une crinière.

— Tu en as vu, des endroits intéressants, pépé !

Elle soupira.

— Moi, je serais déjà bien contente de pouvoir aller à la plage, je ne l'ai même pas encore vue...

Il retira sa pipe de sa bouche et la regarda d'un air ahuri.

— Eh bien, vas-y ! Qu'est-ce que tu attends ?

Annetta savait que les règles n'étaient pas les mêmes chez grand-mère et chez pépé, mais il ne lui était même pas venu à l'esprit qu'elle pouvait aller là-bas toute seule. Un moment interloquée, elle émit la première objection qui lui vint à l'esprit :

— Mais je n'ai même pas de chapeau de paille ! Je risque de prendre un coup de soleil !

C'était ce que lui répétait toujours grand-mère, en été.

Pépé avait posé sa pipe pour mieux réfléchir.

— Tu as raison. En cette saison, le soleil tape fort, et tu n'es pas habituée. Attends un instant.

Il mit sa jambe par terre et se rendit dans sa chambre. Quand il en sortit, il tenait un chapeau en toile blanc et un costume de bain en laine.

— Tiens, essaie ça. Ils devraient t'aller, ils

appartenaient à ton père quand il avait ton âge. Comme ça, tu pourrais même te baigner.

C'était un costume de bain de garçon d'une seule pièce, blanc et sans manches en haut, noir et en forme de short en bas. Quand elle l'eut enfilé, elle eut l'impression d'être déguisée en marin. En la voyant ainsi, pépé se mit à tousser.

— Comme tu ressembles à ton père, murmura-t-il d'une voix étranglée.

À sa grand-mère Annetta, à son père... Les grands cherchent toujours à coller des ressemblances sur les enfants. Plus ils en trouvent, plus ils sont contents. Peut-être que sans cela ils auraient l'impression de ne pas vraiment pouvoir les reconnaître.

Avant de la laisser partir, pépé lui mit quelques pièces dans la main :

— Au cas où tu aurais envie de t'acheter une boisson ou une glace. Mais ne te mets pas en tête de louer une cabine, hein ! Va sur la plage libre*. Et avant de revenir, mets-toi au soleil pour faire sécher ton maillot. Sinon, quand tu te rhabilleras, tu auras l'air d'avoir fait pipi dans ta culotte.

---

* En Italie, la majorité des plages sont des plages privées ; il faut payer pour accéder à la mer.

Encore l'une de ses phrases incroyables ! Annetta était désormais presque habituée. Elle éclata de rire et fit un petit saut pour l'embrasser sur le bout du nez. Après coup, elle s'étonna de se sentir autant à l'aise avec quelqu'un dont quelques jours plus tôt elle ne connaissait même pas l'existence.

La plage libre était facilement repérable : c'était celle où il n'y avait pas de cabines. La mer était très calme : on aurait dit qu'elle respirait tout doucement. Seul un ruban d'écume, sur le sable mouillé, témoignait de son activité.

Annetta n'alla pas se baigner tout de suite. Elle se contenta d'enlever ses sandales et de les tenir à la main pendant qu'elle marchait dans le sable mouillé, en regardant par terre à la recherche de coquillages et de morceaux de verre polis.

Il y avait peu de coquillages, mais les morceaux de verre ne manquaient pas. Ils étaient vraiment beaux, arrondis, colorés, brillants sous le soleil. La plupart provenaient de bouteilles ordinaires, donc vertes, mais quelques-uns étaient bleus (les bouteilles d'eau de seltz) et d'autres jaunes ou marron (les bouteilles de bière). Annetta ramassait les plus beaux et les mettait dans sa poche avec les pièces de monnaie.

— Qu'est-ce que tu veux en faire ? demanda une voix stridente.

Annetta leva les yeux. Plantée devant elle, les pieds au bord de l'eau, il y avait une petite brune aux cheveux frisés qui devait avoir à peu près son âge. Elle la regardait d'un air intrigué.

— Je fais collection, répondit Annetta.

L'autre renifla avec impatience :

— Mais une fois qu'ils sont secs, ils ne brillent plus, tu sais.

— Oui, je sais, c'est à cause du sel. Mais quand on les lave plusieurs fois, ils redeviennent lustrés.

Maintenant qu'Annetta avait levé les yeux, elle voyait autour d'elle une étendue de galets, de toutes les nuances de gris, rayés par des veines blanches en longueur ou en largeur. Il n'y en avait pas deux pareils.

— Comme ils sont beaux ! Au pensionnat, toutes les filles se seraient battues pour les avoir !

— Mais ce sont juste des cailloux ! fit l'autre, étonnée. Ils ne servent à rien.

— Si, à jouer avec, expliqua Annetta. Si seulement nous en avions eu quelques-uns !

— Tu es ici en villégiature ?

— Non, j'habite avec mon grand-père à Haut-Borghetto. Je m'appelle Annetta, ou Nettin.

L'idée qu'elle pouvait aussi s'appeler Rosina ne lui traversa pas l'esprit.

— Et moi, Catainetta.

Les présentations étaient faites. Elles se sourirent, en bonne voie pour devenir amies.

Soudain, sans prévenir, Catainetta leva sa voix perçante, une voix comme en ont souvent les habitants du bord de mer, qui doit pouvoir couvrir le bruit des vagues.

— Non ! Laisse ça ! N'y touche pas !

Annetta sursauta, mais Catainetta se mit à courir pieds nus vers un petit garçon assis sur une natte. Annetta la suivit et l'entendit crier :

— Non, Balletta, tu sais bien que tu ne dois rien mettre dans ta bouche ! Allez, crache !

Balletta n'était pas un nom féminin, même si l'enfant portait une robe. C'était le diminutif de Giovanni Battista. Sa tenue était due à son jeune âge. Sa grande sœur expliqua qu'en général il était assez sage, mais qu'il avait la mauvaise habitude de mettre des cailloux dans sa bouche, au risque d'avaler les plus petits.

Catainetta allait tous les jours sur la plage, plus pour occuper son petit frère que pour son propre plaisir. Elle bâtissait des tours de cailloux, puis les démolissait, pendant qu'il battait des mains, ravi, en criant « Boum badaboum ! ». Ou alors elle entourait de galets une mare miniature dans le sable pour y enfermer les petits crabes et les escargots de mer qu'il regardait ensuite aller et venir.

Après quoi, si elle avait envie de se rafraîchir dans les vagues, il y avait toujours une grand-mère entourée de bambins qui pouvait le surveiller pendant quelques minutes. Maintenant, il y avait aussi Annetta.

— Je reviens tout de suite, tu vas voir, je n'en ai pas pour longtemps !

C'était vrai. Elle ne se mettait même pas en costume de bain. Elle ôtait en un clin d'œil « le torchon » qui lui servait de robe — c'est sa propre définition, et elle n'était pas complètement volée : le vêtement était effectivement élimé et décoloré — et se jetait à la mer en chemise[*].

---

[*] La « chemise » n'était pas, à l'époque, le vêtement que l'on connaît aujourd'hui sous ce nom, mais un sous-vêtement à manches courtes ou longues que l'on portait de jour comme de nuit et été comme hiver sous ses autres habits.

— De toute façon, personne ne me regarde !

Après, c'était au tour d'Annetta d'entrer dans l'eau et de s'éclabousser un peu, dans le maillot noir et blanc qui avait appartenu à son papa. Pendant ce temps, Catainetta gardait un œil sur les affaires de son amie tout en surveillant Balletta.

Ensuite, elles se séchaient au soleil ensemble et discutaient à n'en plus finir. Annetta avait vite appris que la mère de Catainetta utilisait son temps libre — celui qu'elle n'occupait pas à tenir sa maison — à coudre des trousseaux, des sous-vêtements et du linge ; voilà pourquoi elle n'avait pas le temps de s'occuper de son petit garçon. Son père, lui, était pêcheur. Catainetta avait également un grand frère de onze ans, qui travaillait avec son père.

Annetta, elle, parlait de grand-mère et de pépé, mais aussi de ses camarades de l'orphelinat. Maintenant qu'elle était en vacances et qu'elle avait de nouveau une amie, elle pensait souvent à Angiolina.

— Giovanna aussi était gentille, mais Angiolina était vraiment devenue mon amie. Je suis triste de ne pas avoir pu lui dire au revoir.

— Tu n'as qu'à lui écrire ! conseilla Catainetta, toujours pratique. Avec la poste, on peut écrire partout, même dans la Mérique. Je le sais, parce que c'est moi qui écris à mes oncles qui vivent là-bas, quand maman veut leur donner des nouvelles.

Elle fut prise d'un doute.

— Tu sais écrire, n'est-ce pas ? Ah, mais oui, je suis sotte, puisque tu étais dans un pensionnat ! Alors tu peux même leur envoyer des cartes postales, avec des images, ça fait toujours son petit effet. Il y en a chez le marchand de tabac, sur la place du marché.

Rosina n'aurait certainement pas osé prendre cette initiative, habituée qu'elle était de faire ce que lui disaient grand-mère et Palmira. Annetta, elle, n'hésita pas un instant à sacrifier l'argent qu'on lui avait donné pour le goûter à l'achat de cartes postales et de timbres. Il lui resta même de l'argent à ramener à pépé.

Elle écrivit à Angiolina et aussi à Giovanna, à l'orphelinat, en mettant au haut de l'adresse « Aux bons soins de la Mère supérieure ». C'était pépé qui lui avait conseillé cela. Il lui recommanda également de ne pas oublier d'inclure une phrase de salutations à l'intention de la mère supérieure et de la maîtresse.

— Sinon, elles sont bien capables de se vexer. Il vaut mieux éviter ça si tu veux être sûre que ta correspondance arrive à destination.

Il vit qu'elle était sur le point de descendre de sa chaise et demanda brusquement :

— Et à ta grand-mère, tu ne lui écris pas ?

Elle trouva étrange de ne pas y avoir pensé elle-même. Elle avait tant de choses à lui raconter ! De temps en temps, quand elle était seule, elle s'imaginait en train de discuter avec elle.

— Si, si, bien sûr, répondit-elle, confuse. Mais une carte postale, ça ne suffira pas. Il me faudrait du papier à lettres.

Il poussa un soupir agacé devant son manque de débrouillardise.

— Et tu ne pouvais pas en acheter, pendant que tu y étais ?

Quoi qu'il en soit, il réussit à lui trouver une feuille double avec des lignes et même une enveloppe. Annetta y déversa tous les événements de ces dernières semaines, l'un après l'autre ; c'était comme si on lui avait enlevé un bouchon.

Elle commença par « Chère grand-mère », et termina par « Un gros bisou de ta chère Rosina ». Entre les deux, en écrivant bien serré, elle trouva la place de développer toutes sortes de sujets, depuis la plage jusqu'au potager, de Catainetta à Morgan, de « je suis en train de lire les livres de mon papa » à « je me baigne souvent et je m'amuse beaucoup ».

La seule personne qu'elle n'évoqua pas fut pépé. Dix fois, en se trouvant sur le point d'écrire « pépé a fait ceci » et « pépé a dit cela », elle se retint et trouva moyen de tourner la phrase autrement.

Mais quand la lettre fut prête, ce fut à ce dernier qu'elle s'en prit soudain, en lui lançant une accusation en pleine figure :

— Mais toi, tu ne lui as jamais écrit, à grand-mère ! Même pas une petite carte de vœux à Noël, avec des bisous pour moi !

C'était l'un des mystères qui l'avaient le plus intriguée ces derniers jours, et elle était bien contente de réussir enfin à affronter la question.

Pépé était en train de mélanger, dans la grande casserole en terre cuite, une sauce tomate qui menaçait d'attacher. Il avait ajouté un peu d'eau chaude et remuait tout doucement. Il avait l'air trop occupé pour répondre.

Quand l'eau fut parfaitement intégrée à la sauce, il retira la casserole de la cuisinière.

Seulement alors se lança-t-il dans un long discours.

— Tu sais, je n'ai pas l'habitude de tenir une plume à la main, sauf pour faire mes comptes. Et le journal de bord, à l'époque où je naviguais. Mais les lettres, ce n'est pas mon fort. Cela dit, plusieurs fois il m'est arrivé d'acheter des cartes postales pour te les envoyer. Avec des petits chiens, des fleurs, ce genre de dessins. Mais à ce moment-là, tu étais encore trop petite. Et après...

— Et après ?

— Après... Je n'ai pas eu envie que quelqu'un se moque de moi derrière mon dos. L'idée que mon écriture toute de travers et pleine de fautes allait passer sous les yeux de ta grand-mère...

Annetta se souvint du regard amusé de grand-mère quand elle découvrait sur le cahier de recettes des erreurs de Palmira. Elle n'osa pas répondre : « Elle ne se serait pas moquée de toi. »

— Avec le temps, continua pépé, j'ai perdu la volonté de t'envoyer ces cartes postales. D'autant plus que je n'étais pas certain que tu les aurais reçues.

Les poings d'Annetta se serrèrent comme ceux de Rosina ne l'avaient jamais fait, et cette fois-ci sans même se cacher dans ses poches.

— Tu veux dire que grand-mère aurait fait disparaître tes cartes si tu les avais envoyées ? Ce n'est pas vrai ! Elle ne ferait jamais, jamais, jamais quelque chose de pareil ! Tu ne la connais pas bien, si tu la crois aussi...

Elle voulait dire « mesquine », mais elle ne se souvint pas à temps du mot. Et, de toute façon, sa voix venait de se briser, à cause de sa rage mêlée à son envie de pleurer.

Le commandant, très sérieux, admit :

— Tu as raison. Je ne la connais peut-être pas assez bien.

Ce n'étaient pas des excuses, mais presque. Et Annetta venait de se souvenir que malgré son opinion sur grand-mère, c'était lui qui venait de lui suggérer de lui écrire.

Elle se calma un peu et parvint à changer de sujet sans éclater en sanglots. Sa voix n'était plus que légèrement enrouée lorsqu'elle demanda :

— Où est-ce que je peux poster les lettres ?

Car c'était à elle de le faire, bien entendu. L'apprentissage de l'autonomie venait de soi, avec un grand-père pareil, qui en plus marchait avec difficulté.

Cela dit, à force de repos, sa jambe allait mieux, et il recommença à descendre à Bas-Borghetto. Mais pas pour aller s'asseoir sur la plage comme Annetta, ou Catainetta et toutes les grandes sœurs (en plus des grand-mères) encombrées de bambins. Il avait ses habitudes.

Il commençait toujours par s'arrêter devant le kiosque à journaux.

— Donnez-moi vingt centimes de mensonges, réclamait-il, l'air sévère.

Après quoi il allait s'asseoir sur un muret devant la plage, dépliait son journal et le lisait consciencieusement, mais sans plaisir. De loin, Annetta le voyait faire des moues de colère ou même de dégoût. Un jour, en revenant vers lui, elle l'entendit dire à un autre vieux monsieur :

— Bien sûr, les temps sont durs. On le sait. D'un autre côté, à quoi d'autre est-ce qu'on pouvait s'attendre, après cette fichue guerre ? Cela ne risquait pas d'arranger les choses, une chienlit pareille, n'est-ce pas ?

Et son interlocuteur secouait la tête avec désolation, poussant des soupirs qui venaient du fond du cœur.

Plus tard, pendant qu'ils remontaient vers Haut-Borghetto, Annetta émit une objection :

— Mais nous l'avons gagnée, la guerre, non ?

Dans les livres qu'elle lisait ici, il était très important de gagner des batailles, de repousser l'assaut d'un ennemi, de monter victorieusement à l'abordage d'un navire, etc.

Pépé devint rouge vif et se retourna vers elle sauvagement.

— Nous l'avons gagnée ? Et alors ? Tu as intérêt à comprendre tout de suite que les guerres, qu'elles soient gagnées ou perdues, ne servent jamais qu'à envoyer des pauvres gens au massacre !

Il continua plus calmement, avec tristesse :

— Tu devrais au moins te souvenir que c'est à cause de cette guerre que tu as perdu ton papa, et moi mon fils.

De temps en temps, Annetta se demandait pourquoi il achetait le journal, si c'était pour se mettre dans des états pareils. Il semblait bien plus heureux lorsqu'il l'oubliait sur ses genoux en regardant les navires sur l'horizon, les mouettes qui passaient au-dessus de sa tête, les barques que l'on tirait au sec à leur retour de la pêche.

Une autre de ses habitudes, à Bas-Borghetto, consistait à sillonner le marché les jours où se tenait ce dernier. Il examinait la marchandise avec la plus grande attention, et achetait peu mais bien. Il fit l'emplette d'un troisième maillot rayé, et même d'un short, comme pour un garçon.

— Tu peux en porter, à ton âge. Tu as encore tout le temps de t'habiller comme une demoiselle.

Il faisait en sorte qu'elle ait toujours quelques piécettes dans ses poches.

— Comme ça, tu peux t'acheter une glace, ou ce dont tu as besoin, sans venir me déranger à chaque fois. Mais fais bien attention qu'on ne te les vole pas, hein !

Annetta avait vite appris où elle pouvait trouver, selon l'heure, la carriole du glacier, avec ses statues aux quatre coins, et les couvercles brillants, à grosse poignée, qui fermaient les puits profonds contenant les divers parfums. Elle achetait toujours deux cônes, un pour elle, l'autre pour Catainetta, moitié blancs et moitié roses : vanille et fraise. Parfois vanille et chocolat.

Catainetta n'en revenait pas de la voir dépenser son argent avec autant d'insouciance. Chez elle, on y réfléchissait à deux fois avant de sortir le moindre centime.

— Quelle chance tu as, d'être la petite-fille du commandant !

(Dans les premiers jours de leur amitié,

quand elle avait finalement appris qui était Annetta, elle l'avait disputée : « Mais enfin, tu ne pouvais pas me le dire tout de suite, que ton pépé c'était le commandant ? » Comme s'il s'agissait d'un personnage célèbre, important — ce qu'il était effectivement à Borghetto.)

Toutes les deux laissaient Balletta sucer la pointe de leur glace : pas davantage, pour qu'il ne prenne pas froid au ventre. Après le goûter, il ne fallait pas retourner se baigner. Elles restaient encore un peu sur la plage et tiraient la natte dans un coin protégé par l'ombre des rochers. C'est à ce moment-là qu'elles avaient le plus de temps pour bavarder. Catainetta en profitait aussi pour tricoter, si son petit frère était sage. Parfois, il leur faisait même le plaisir de somnoler.

— Ah, il dort ! Tant mieux, comme ça je peux continuer mon travail. Quand il est réveillé, j'ai toujours peur qu'il se crève un œil avec une aiguille... Tu veux bien me raconter la suite du livre dont tu m'as parlé hier ?

Elle aimait beaucoup l'entendre raconter des romans. Elle ne lisait jamais elle-même, en tout cas en dehors de l'école. Elle expliqua à Annetta qu'elle se fatiguait tout de suite, à essayer de dégager un sens de toutes ces rangées de signes noirs. Elle n'était pas habituée.

Chez elle, il n'y avait pas le moindre livre, en dehors d'un almanach qui présentait les diverses phases de la lune ainsi que les miracles de quelques saints.

Annetta commença par lui raconter *Les Enfants du capitaine Grant*, puis continua avec une histoire qui se passait en Inde, au pays des mangroves et des étrangleurs. Catainetta trouvait cela passionnant, même si elle portait moins d'attention à l'aventure qu'aux détails, en particulier ceux qui concernaient les tenues des personnages.

— Et elle, qu'est-ce qu'elle portait ? demanda-t-elle plusieurs fois au sujet de la prisonnière des Indiens.

Elle ne s'en lassait jamais.

— Un bustier, une espèce de corsage tout en or, avec le dessin d'un serpent sur le devant ; et puis un châle brodé de fils d'argent ; et puis des colliers de perles et de diamants gros comme des noisettes.

Elles soupiraient ensemble à l'idée d'une telle magnificence, puis Catainetta revenait à son passage préféré :

— Et donc, dès qu'il l'a vue, le monsieur, le... il était quoi, déjà ?

— Chasseur de serpents.

— Le chasseur de serpent, il a eu un coup

de foudre, comme ça ? Ça arrive, remarque. Ma cousine Maria, son fiancé, elle l'a rencontré pour la première fois au sanctuaire de Montallegro. Elle a tout de suite dit à mon autre cousine, qui était à côté d'elle : « Tu vois ce garçon, avec son chapeau de travers ? Eh bien, c'est lui que je veux épouser. Lui ou personne d'autre. »

Ainsi, pendant que l'une narrait une histoire tirée d'un livre, l'autre racontait la vie, par petits bouts. La brise saline et les galets de la plage entraient, d'une certaine manière, dans ces récits et se mettaient presque à en faire partie. Annetta ne les oublierait plus jamais.

9. Une visite surprise

Chère Grand-mère,
Je t'écris pour te raconter ce qui vient d'arriver. Tu te souviens de Morgan, notre chat noir ? Depuis qu'il est revenu de sa fugue, quelques jours après mon arrivée, il était resté bien tranquillement à la maison, comme un chat d'appartement. Mais il y a deux jours, il a de nouveau disparu, et nous avons pensé qu'il ne reviendrait pas de sitôt. Et pourtant, hier, vers midi, j'ai entendu des « Miaou ! Miaou ! » devant la porte de la cuisine.

C'était bien lui, et il saignait, le pauvre ! Pépé dit que c'est un chien qui l'a mordu. Il dit que cette fois-ci, il s'est attaqué à plus fort que lui, que c'est une bonne leçon et que comme ça il apprendra peut-être à ne plus jouer les pirates.

Sa blessure était près de sa gorge, du coup il n'arrivait pas à la lécher pour la nettoyer. Alors pépé lui a mis de l'alun : c'est ce qu'il utilise lui-même quand il se coupe en se rasant. Nous l'avons bien tenu, et Morgan a été assez sage ; il ne m'a pas griffée, il a seulement griffé un peu pépé sur un doigt.

Annetta s'arrêta quelques secondes, la plume à la main. Elle venait de se rendre compte que, prise dans son élan, elle avait de nombreuses fois nommé pépé. Elle finit par décider de laisser la lettre comme ça : après tout, elle ne disait rien de mal. Elle poursuivit :

Je vais tous les jours à la plage avec Catainetta. J'ai commencé à lui raconter les livres qui sont chez toi, et ça lui plaît encore plus que les livres d'aventures que je lis ici. Elle aime particulièrement Le Petit Lord Fauntelroy. *Et tu sais, je suis en train d'apprendre à nager ! Il n'y a personne pour me montrer, mais j'apprends toute seule, là où j'ai pied. J'aime bien quand la marée monte : j'ai découvert qu'en me plaçant d'une certaine manière je peux me lais-*

ser porter par les vagues jusqu'au bord, sans me fatiguer.

Autre pause, le porte-plume appuyé sur le menton.

Elle avait envie de raconter comment elle grimpait sur les rochers avec Catainetta. Cela l'amusait beaucoup, elle se sentait presque dans la peau d'un pirate ; elle criait même de temps en temps « À l'abordage ! » pour se mettre dans l'ambiance. Catainetta, elle, montait pour de tout autres raisons : elle cherchait des bernicles, des coquillages délicieux quand on les arrose de quelques gouttes de citron, disait-elle. Elle les détachait une par une avec un couteau. Mais elle ne laissait pas Annetta l'aider.

— Tu n'as pas l'habitude. Tu risques de te faire mal. Tu ne vois pas que rien qu'en grimpant tu réussis toujours à te griffer quelque part ?

Il valait mieux ne rien écrire de tout ça. Grand-mère risquait de s'inquiéter pour rien.

Dans sa chambre, le commandant chantait à tue-tête « *Sono il factotum della città, della città !* ». Annetta alla le voir. Il était en train de dépoussiérer les meubles, méticuleusement, comme d'habitude.

— Tu as l'air gai, pépé !

— Je suis gai, parce que tu es là et que tu me tiens compagnie !

Cela devait être vrai : ce n'était pas son genre de faire des compliments. C'était même si rare qu'il avait l'air embarrassé, maintenant. Il changea de sujet :

— Tu ne vas pas à la plage, aujourd'hui ?

— Si, j'étais juste en train d'écrire une lettre à grand-mère. Je la terminerai ce soir.

En cinq minutes, elle fut prête à sortir, avec son costume de bain sous son maillot, son chapeau en toile, sa robe bleue. Plus tard, elle fut bien contente de ne pas avoir mis son short. À Borghetto, tout le monde était habitué à la voir comme ça, mais ç'aurait pu choquer une personne venant de l'extérieur.

Or, il y avait précisément une personne de l'extérieur juste devant la porte d'entrée. Elle n'avait pas encore eu le temps de frapper. À peine Annetta eut-elle ouvert la porte qu'elle se trouva nez à nez avec elle.

— Palmira ! s'écria-t-elle d'une voix stridente.

Elle s'attendait à tout sauf à se retrouver face à Palmira, la bonne vieille Palmira, semblable à elle-même, peut-être un peu plus rouge que d'habitude. Effet de la montée, ou encore de sa timidité, car, au cri de sa petite-fille, le commandant était apparu et s'était planté devant la porte, en regardant la nouvelle venue avec un sourcil levé.

— Bonjour, madame, fit-il d'une voix mesurée.

Palmira entremêlait des civilités envers le commandant et des exclamations adressées à Rosina, ce qui donnait d'un côté « Ma petite Ninìn ! » ou « Comme tu as bronzé ! » et de l'autre « Quelle belle vue vous avez d'ici » ou « Oui, je veux bien m'asseoir, je vous remercie ».

— Comment va grand-mère ?
— Beaucoup mieux, ne t'inquiète pas.

Palmira profita de ce début pour s'adresser directement au commandant.

— Oui, monsieur, ma maîtresse commence à aller beaucoup mieux, vraiment. Elle est obligée de s'appuyer sur une canne, ce qui la chagrine beaucoup, mais elle ne s'est plus évanouie depuis un bon bout de temps, et... enfin, elle est beaucoup plus forte.

— J'en suis ravi, fit pépé, le visage de marbre.

— Et donc...

Palmira attendit quelques instants un

encouragement qui n'arriva pas, puis se décida à continuer :

— Et donc elle peut de nouveau s'occuper de la petite, et elle m'a envoyée la chercher.

Annetta, qui se sentait sur des charbons ardents, avait déjà deviné que Palmira n'était pas venue juste lui rendre visite. Entendre cette phrase lui fit malgré tout un drôle d'effet. Elle avait totalement oublié son projet d'aller à la plage.

Le commandant et Palmira se regardaient, se jaugeaient, tout en se témoignant mutuellement un certain respect.

— Voulez-vous un petit verre de blanc ? proposa-t-il. Ça donne soif, de monter jusqu'ici. Après, nous pourrons parler de la petite.

Il ne dit pas Annetta, pas plus que Palmira n'avait dit Rosina. La petite. Comme si elle n'avait pas de nom. Elle en fut un peu vexée, mais la conversation était bien trop intéressante pour qu'elle se risque à l'interrompre.

— Quel joli chat vous avez, mentit Palmira, qui voulait juste faire un compliment et n'avait même pas remarqué sa blessure au cou.

Elle sirota son vin lentement, pour se donner le temps de penser à ce qu'elle devait dire ensuite. Elle allait se décider à rouvrir la bouche quand elle fut prise de vitesse par le commandant.

— Donc vous êtes venue reprendre la petite. (Encore !) Le problème, c'est que moi, j'ai l'intention de la garder. Du moins pour le moment. Votre maîtresse l'a eue près d'elle pendant six ans, c'est à mon tour maintenant. Vous ne trouvez pas ?

Cela paraissait tout à fait juste à Annetta. Mais elle était un peu agacée par le fait que personne ne pense à lui demander son opinion, comme si elle n'avait pas plus d'avis que de nom. Qu'était-elle donc ? Un meuble à déplacer ici et là, selon les commodités des uns et des autres ? Ou un sac, comme ce grand sac en tapisserie qu'avait apporté Palmira, et dont elle se demandait bien ce qu'il contenait ?

Palmira ne répondit pas. Peut-être ne voulait-elle pas donner raison au commandant, sans savoir quels arguments utiliser pour lui donner tort.

— J'allais oublier : j'ai une lettre de la part de ma maîtresse.

Elle la lui tendit.

— J'aurais dû vous la donner tout de suite. Elle vous remercie de tout son cœur de vous être occupé de la petite, pendant qu'elle ne pouvait pas le faire elle-même...

— J'étais bien content de le faire, l'interrompit le commandant. J'étais même ravi, je n'y comptais plus. Vous pouvez donc laisser tomber les remerciements.

Il posa la lettre sur la table, encore fermée.

— Vous ne la lisez pas ? suggéra timidement Palmira.

— Plus tard. De toute façon, grâce à vous je sais ce qu'elle contient, et j'ai déjà pu vous donner ma réponse.

C'était donc décidé. D'un côté, Annetta se sentait soulagée : elle n'était pas du tout certaine d'être prête à rentrer à la maison et à redevenir Rosina aussi brusquement. D'un autre côté... D'un autre côté, elle ne savait que penser.

— À propos ! dit Palmira.

À propos de rien du tout, mais visiblement elle voulait changer de sujet. Elle ouvrit enfin le sac qu'elle avait apporté et en sortit une petite robe de coton lilas avec des poches brodées, des petites sandales blanches avec une boucle brillante, un chapeau de paille orné d'un ruban.

— Je les avais apportés pour le voyage,

expliqua-t-elle en jetant un regard de travers sur sa tenue.

— Je te les laisse, tu pourras les mettre pour aller à la messe.

Annetta n'osa pas dire qu'elle allait à l'église avec ses vêtements habituels, sauf son short, bien sûr.

— Elle ne va pas être trop petite, cette robe ?

— C'est vrai, tu as tellement grandi !

Palmira semblait s'en rendre compte seulement maintenant ; peut-être ne l'avait-elle pas vraiment examinée, avant.

— Mais c'est ta nouvelle robe, celle qui était un peu trop longue, donc elle devrait t'aller. Ah, au fait, je suis allée chercher ton bulletin scolaire au pensionnat. Tu le verras plus tard.

— Très bien, cela m'évite d'y aller moi-même, dit pépé.

Annetta ne demanda même pas quelles notes elle avait eues. Le temps qu'elle avait passé à l'orphelinat était un temps entre parenthèses, et elle n'y pensait plus du tout.

Tout était réglé, donc. Il n'y avait pas à craindre de devoir abandonner en cours de lecture *Les Tribulations d'un Chinois en Chine*, ni de planter là Catainetta sans un adieu, comme Angiolina. Elle avait encore devant elle de nombreuses semaines à la mer. Combien ? Elle ne voulut pas compter.

Elle était bien prise de quelques remords en pensant à la déception qu'allait avoir grand-mère alors qu'elle comptait sur son retour le jour même. Mais ce n'était pas sa faute, après tout. Les enfants n'ont pas voix au chapitre, ce n'est pas à eux de dire s'ils préfèrent partir ou rester (même si, en l'occurrence, elle préférait effectivement rester).

Ses yeux tombèrent sur la lettre, sur la table.

— Palmira, tu veux bien attendre encore un peu ? J'étais en train d'écrire à grand-mère, je vais finir la lettre, comme ça je te la donnerai et tu pourras la lui remettre tout de suite.

— Bonne idée, approuva le commandant. En attendant, Palmira va venir me donner son avis sur les tomates que j'ai mises à sécher : je voudrais savoir si elles lui semblent en bonne voie ou pas.

La réponse fut qu'elles étaient en très bonne voie, et que tout irait bien si le temps restait sec.

Oh, grand-mère chérie, comme je suis contente que tu ailles mieux ! Mais ne sois pas fâchée si je t'écris au lieu de venir en chair et en os. Palmira a essayé, ce n'est pas sa faute ; mais pépé ne m'a plus vue depuis que j'étais toute petite, et donc je pense que ce n'est pas grave si je reste encore un peu avec lui.

Encore une chose : tu ne dois surtout pas être triste de devoir te déplacer avec une canne. C'est normal, à ton âge. Je suis sûre que ça te va très bien.

Et s'il te plaît, dis bonjour à Pippetto et Clementina de ma part !

Chez le marchand de tabac, sur la place, j'ai vu des nouvelles cartes postales, je choisirai les plus belles pour toi. Comme ça je t'écrirai plus souvent.

En attendant, je t'envoie tout plein de bisous de la part de ta petite-fille chérie,

Rosina

10. Tempête et calme plat

— Pépé, est-ce que c'est vrai que des fois, la nuit, on dirait que la mer prend feu ?
— Comment est-ce que tu sais ça ?
— Je l'ai lu sur l'un des livres de papa. Ça semble incroyable !
— Et pourtant, ça arrive, dans certains océans. Ce n'est pas du vrai feu, bien sûr, ni même de l'électricité. Il paraît que c'est un phénomène causé par des millions et des millions de bêtes si minuscules qu'on ne peut pas les voir à l'œil nu. Tout ce qu'on voit, c'est la lumière qu'elles font, toutes ensemble. Par contre, les feux de Saint-Elme sont causés par l'électricité. C'étaient des boules de flammes qui se formaient en haut des mâts pendant les tempêtes, du temps des voiliers.

— Comme ça doit être beau ! soupira Anna. Ici, la mer est toujours calme. Bien sûr, pour se baigner c'est mieux qu'il fasse soleil, mais à la fin c'est ennuyeux.

Elle secoua la tête avec impatience. Tout l'ennuyait, ce jour-là. Probablement à cause de la chaleur.

— C'est ça, plains-toi !

Il la regarda sévèrement.

— Tu ne sais pas que se lamenter parce que la mer est tranquille, c'est comme un blasphème ?

Il se corrigea :

— À moins qu'il ne s'agisse d'un calme plat, bien sûr.

— Qu'est-ce que c'est, un calme plat ?

— C'est quand il n'y a pas le moindre souffle de vent. Avant l'invention des moteurs, il arrivait qu'un navire reste arrêté au beau milieu de l'océan pendant des jours et des jours, pendant que les provisions s'épuisaient et que l'eau potable commençait à manquer.

— Ça devait être terrible !

— Oui.

Il se tut un instant, puis grogna :

— Quoi qu'il en soit, si tu veux du changement, tu peux te réjouir, car il est en chemin.

J'ai de nouveau mal à la jambe, et c'est un signal qui ne trompe jamais.

Il insista néanmoins pour descendre malgré tout à Bas-Borghetto.

— Il vaut mieux en profiter pendant que je peux. Est-ce que je sais si demain je ne serai pas noué comme un olivier ?

Annetta ne l'avait jamais vu complètement immobilisé par la douleur, mais elle savait que cela pouvait lui arriver.

Ils descendirent ensemble. Sur la place, ils rencontrèrent Catainetta qui jouait à la marelle avec d'autres petites filles, à l'ombre des maisons. Elles sautaient à cloche-pied d'une case à l'autre du dessin tracé à la craie sur les pavés, tout en poussant un galet du bout du pied.

La pierre sortit du cadre. Catainetta soupira.

— Zut ! Je ne suis bonne à rien, aujourd'hui !

Elle saisit ce prétexte pour se retirer du jeu et venir vers eux. Le commandant lui offrit une pièce de monnaie qu'elle prit avec reconnaissance. Annetta s'étonna de voir son amie toute seule.

— Balletta ? Non, aujourd'hui je n'ai pas besoin de l'emmener à la plage, maman le garde. Avec la chaleur qu'il fait, les petits ne doivent pas sortir, sinon ils attrapent la diarrhée.

— Et toi, tu ne risques pas de l'attraper ? la taquina Annetta.

— Dis donc, moi je suis grande, maintenant ! répliqua l'autre, vexée.

On voyait un peu plus bas les plages privées, avec leurs cabines bien alignées. Des vacanciers allaient et venaient, les hommes en costume de bain noir, les dames avec un parasol, recherchant des coins d'ombre.

Catainetta secoua ses boucles :
— Qu'est-ce qu'il fait lourd ! Je suis en nage !

— C'est le calme plat, fit observer Annetta en regardant au large.

En effet, la mer était lisse, éblouissante, sans la moindre vague. Mais, à l'horizon, on apercevait quelques nuages d'un blanc un peu sale, comme des draps qui ont besoin d'être lavés.

Le commandant revint du kiosque avec un journal.

— Vous êtes encore là ?
— Nous y allons.

Avant d'ouvrir son journal, il examina lui aussi l'horizon, et ses nuages lointains. Catainetta était déjà sur la première marche des escaliers qui descendaient vers la plage lorsqu'il lui demanda brusquement :

— Il est encore au large, ton père ?

— Non, il est revenu tôt aujourd'hui. Pourquoi ?

— Comme ça.

Pause.

— Si j'étais lui, je retirerais la barque.

— Vous pensez que le vent va tourner ?

Mais le commandant n'avait pas l'intention de se compromettre sur un sujet aussi important. Il ouvrit son journal et disparut derrière, tout en lançant :

— Je ne suis pas devin !

Les deux amies descendirent sur la plage libre, ravies de ne pas avoir à surveiller Balletta, pour une fois. Elles se rendirent tout de suite sur le bord, là où la mer, frémissant à peine, déposait sur le sable mouillé des traces d'écume. C'était agréable de sentir le sable glisser sous les pieds en même temps que l'eau qui se retirait.

Elles se baignèrent seulement quelques minutes, pour se rafraîchir : elles étaient vraiment trop fatiguées pour chahuter dans l'eau. Le reste du temps, elles le passèrent à l'ombre, avec *David Copperfield*, un roman dont Annetta se souvenait particulièrement bien et qu'elle racontait sans s'embrouiller. Catainetta fut ravie d'apprendre que David s'était échappé de la maison où on lui faisait laver toutes ces bouteilles, et s'enthousiasma quand elle apprit qu'il avait réussi à rejoindre à pied sa vieille tante qu'il ne connaissait pas et qui, de surprise, était tombée assise au milieu des plates-bandes de son jardin.

— Comme ça, il est redevenu un grand monsieur ! conclut-elle triomphalement.

Annetta ne répondit pas. Elle venait de penser avec nostalgie à grand-mère, qu'elle avait vue si souvent bêcher son jardin comme la tante de David Copperfield.

Est-ce qu'elle pouvait encore ratisser la terre et arracher les mauvaises herbes, maintenant ? Est-ce qu'elle passait encore des heures et des heures à s'occuper de ses plates-bandes, entre ses mignonnettes et ses fuchsias en tutu ? Soudain, elle avait très envie de le savoir, et elle regrettait de devoir attendre la prochaine lettre pour lui poser la question.

Annetta était heureuse chez pépé. Morgan était désormais guéri, et il s'était habitué à elle : il daignait même ronronner quand elle lui grattait la tête. Et puis il y avait le potager, avec la jungle miniature des haricots grimpant le long des cannes, avec les tomates mises à sécher sur le muret, rouges comme des rondelles de feu. Oui, décidément, Annetta se sentait bien à Borghetto.

Mais en dessous, Rosina poussait pour sortir. Elle ne s'intéressait pas du tout à Morgan ni aux tomates, elle. Elle réclamait Pippetto et Clementina, et les fuchsias de grand-mère. Elle avait l'eau à la bouche en pensant à sa crème caramel, à ses soufflés sortis du four juste au moment où ils étaient gonflés et dorés à point.

— Qu'est-ce qui t'arrive ? demanda Catainetta en voyant que son amie avait changé d'expression et qu'elle ne disait mot.

— Rien. J'ai chaud, fit-elle, ce qui était aussi vrai.

Mais ce qui la gênait à ce moment précis, c'était cette impression bizarre d'être divisée, Annetta d'un côté, Rosina de l'autre, comme ce pauvre bébé de la Bible que le roi Salomon avait ordonné de couper en deux — heureusement, il ne l'avait pas dit sérieusement, seulement pour découvrir laquelle était sa véritable mère parmi les deux femmes qui se le disputaient.

Ce sentiment désagréable était tout récent.

À son arrivée à Borghetto, elle était tellement contente d'être sortie de l'orphelinat et tellement curieuse de sa nouvelle vie qu'elle ne s'était pas posé de question. Et maintenant, que lui arrivait-il ?

Elle n'en savait rien.

Cette nuit-là, elle rêva de Balletta. Il hurlait, tandis qu'un homme, une épée à la main, le grondait avec une voix terrible :

— Arrête de bouger, sinon comment veux-tu que je te coupe en deux ?

Puis le rêve changea, et Annetta se retrouva dans la cuisine, face à une Catainetta furieuse contre elle pour n'avoir pas pris soin de Balletta. Dans sa colère, elle jetait par terre des casseroles, des poêles, des pots, bang, bing, un coup de tonnerre après l'autre.

Ce furent ces coups de tonnerre, bien réels, qui la réveillèrent. Le vent faisait lui aussi un bruit furieux. Les volets grinçaient tant et plus. Une porte claqua. La voix aiguë de la voisine du dessous parvint jusqu'à elle :

— Ô pauvres de nous !

Palmira aussi criait souvent, pendant les orages : « JésusMarieJoseph, ayez pitié de nous ! » Rosina, elle, n'avait jamais vraiment eu peur, et Annetta encore moins, maintenant qu'elle avait connu — sur le papier —

tant d'ouragans et de typhons. Mais il était tout de même assez impressionnant d'être réveillée au milieu de la nuit par un tel déchaînement des éléments.

Elle s'assit sur le lit, un peu sonnée. Une lumière blanche éblouissante passait à travers les fentes des volets, illuminant la chambre comme en plein jour. Cela ne durait qu'un instant, après quoi l'obscurité revenait, plus noire encore par contraste. À cause du vent, la porte de la chambre s'était ouverte, et Annetta crut distinguer du mouvement à côté.

Elle se leva, vêtue de sa simple chemise de nuit. À Borghetto, elle n'avait ni robe de chambre, ni pantoufles ; mais elle s'était habituée à marcher pieds nus sur le carrelage de la maison et la terre du potager, tout comme sur les cailloux de la plage.

Pépé était en train de lutter avec une fenêtre que le vent furieux avait ouverte en grand. Il se retourna seulement quand il parvint à ses fins. Il l'interpella comme si se rencontrer en pleine nuit au milieu de l'apocalypse était chose courante.

— Tu as fermé la fenêtre, dans ta chambre ?

— Je n'y ai pas pensé, confessa-t-elle. Mais les volets le sont, eux.

— Les volets ! Tu n'entends pas la pluie qui commence ? Si le vent tournait, ta chambre serait inondée en un rien de temps !

Il s'y rendit aussitôt lui-même. À son retour, il alluma une bougie : maintenant que toutes les fenêtres étaient closes, le vent ne risquait plus de l'éteindre. À travers les vitres, les coups de tonnerre paraissaient moins effrayants.

Un peu tard, il pensa à lui demander :

— Tu n'as pas peur, au moins ?

— Bien sûr que non ! fit-elle fièrement. Mais j'espère que Morgan n'est pas dehors, avec ce temps !

— Aucun risque ! Il doit être tapi dans un coin, quelque part. L'électricité dans l'air le rend nerveux.

— Je le comprends !

— Retourne au lit, va. Si le bruit te gêne pour t'endormir, tu n'as qu'à mettre ta tête sous l'oreiller.

— Et toi ?

— Moi, je fais mon tour de garde.

Autrement dit, le fait de rester debout lui donnait l'impression de surveiller la tempête afin de limiter les dégâts. Il s'était même habillé, à toute allure, sans rentrer sa chemise dans son pantalon.

La réponse d'Annetta la prit elle-même par surprise :

— Quand le capitaine fait son tour de garde, le mousse doit lui tenir compagnie.

C'était comme cela qu'il l'appelait de temps en temps, à cause de son short et de ses maillots rayés. Il ne répondit rien, mais avança une autre chaise à la table de la cuisine.

Ils restèrent assis ensemble, au cœur de la nuit et de la tempête. Pépé s'était versé un petit verre de liqueur forte et la sirotait, par petites gorgées, pour passer le temps. Il offrit à Annetta un petit verre du rossolis* qu'il gardait à l'intention des voisines en visite. Le verre était minuscule, et placé dans une espèce de tasse en argent, avec une anse. Très flattée d'être traitée comme une grande, Annetta se sentit en devoir de faire un compliment :

— Comme c'est joli !

— Ça faisait partie de la dot de ma femme, ta grand-mère. Il y en avait six, mais on en a cassé un.

Dehors, la pluie battait plus fort que jamais. En revanche, le tonnerre s'éloignait. Annetta put ainsi distinguer de grands coups réguliers.

---

* Liqueur légère de roses et de fleurs d'oranger, très appréciée par les dames d'autrefois.

— Qu'est-ce que c'est, ce bruit ?

— Les vagues, contre les rochers. Fasse le Seigneur qu'elles n'abîment pas trop les barques et les établissements des bains.

Ils restèrent un moment silencieux, à écouter. Et dans ce silence surgit soudain Morgan, qui sauta sur sa chaise habituelle, les faisant sursauter.

— Oh, le voilà ! s'exclama Annetta. J'ai l'impression que lui aussi, il veut tenir compagnie au capitaine pendant son tour de garde. Il mérite d'être nommé mousse, pour la peine, tu ne crois pas ?

Pépé lui adressa l'un de ses rares sourires.

— D'accord. Mais dans ce cas, le premier mousse doit passer marin. Après tout, il est resté aux côtés de son capitaine toute la nuit, malgré le vent et la tempête, et il a droit à une promotion.

Annetta rit. Même si elle se rendait bien compte que pour pépé, cette histoire de « surveiller l'orage » avait une réelle importance, elle avait quant à elle l'impression d'être en train de jouer et appréciait beaucoup cette nuit d'insomnie. Mais sans prévenir, son rire se transforma en bâillement. La fatigue lui avait traîtreusement sauté dessus.

Pépé s'en aperçut. Il coupa court :

— Le pire doit être passé, maintenant. Quand il fera jour, nous irons voir les dégâts. Mais, pour l'instant, le marin doit aller se coucher. C'est un ordre.

Rosina se serait pliée par docilité ; Annetta obéit par discipline. Elle s'endormit d'un coup, sans même entendre, au lointain, les derniers coups de tonnerre.

Le lendemain matin, en se réveillant, elle trouva pépé debout à côté de son lit, déjà lavé, rasé et habillé. D'après la lumière, il lui sembla qu'il était plus tard que d'habitude.

— Reste au lit, si tu veux, dit-il. Je voulais juste te dire de ne pas me chercher. Je descends à Bas-Borghetto voir comment s'est passée la nuit. Pour le petit déjeuner, débrouille-toi ; le lait a tourné, mais il reste de quoi grignoter.

— Attends, attends !

Elle s'était levée d'un bond.

— Je veux venir avec toi. J'en ai pour une seconde !

— Tu peux prendre tout ton temps et me rejoindre un peu plus tard, tu sais.

— Non, je veux aller voir tout de suite si la famille de Catainetta a souffert de l'orage. Il ne manquerait plus que ça, les pauvres !

Elle mangea un morceau de pain dur en

descendant les marches. Les vagues ne s'attaquaient plus aux écueils avec le fracas épouvantable de la nuit précédente, mais le vent était encore intense. Les nuages déchirés avançaient au grand galop ; les mouettes volaient à moitié couchées sur le flanc, en poussant de grands cris. À certains moments, elles donnaient l'impression de miauler comme des chats en colère, puis d'un seul coup elles plongeaient droit dans l'écume.

— Elles font bonne pêche, fit observer pépé. Quand la mer est remuée comme ça, toutes sortes de choses remontent à la surface. Elles en profitent.

Au moins la moitié de la population du village était réunie sur la place, face au muret qui donnait sur la mer. En dessous, là où normalement s'étalaient les plages parsemées de cabines, il n'y avait pour ainsi dire plus de plage. La mer avait entassé tous les galets sous le muret, en compagnie de morceaux de bois fracassés, de planches, de grands tas d'algues à l'odeur de poisson pourri. Seules restaient debout les cabines construites dans des coins un peu abrités ; les autres avaient été démolies.

De temps en temps, entre deux nuages, le

soleil pointait. Sous cette lumière gaie, le spectacle paraissait encore plus désolant.

— Vent et mer sont maux amers, murmura pépé, le visage fermé.

Autour de lui, les gens étaient pâles, tendus.

— Voici Catainetta, dit Annetta qui la cherchait des yeux depuis un moment.

Elle s'approcha d'elle et lui prit la main pour la réconforter. Derrière elle venait sa mère avec Balletta dans les bras, puis son père, jeune, brûlé par le soleil. Il se dirigea vers le commandant.

Ils s'adressèrent la parole en même temps :

— Votre barque ? interrogea l'un, pendant que l'autre commentait :

— Heureusement que j'avais retiré ma barque !

Catainetta avait montré à Annetta l'endroit où l'on hissait les barques lorsque la mer devenait menaçante : au-dessus du torrent, à un endroit où étaient installés des chaînes, des poulies, toutes sortes d'engrenages. Là-bas, les barques se balançaient au bout de leur chaîne, en sécurité. Mais tout le monde n'avait pas eu le temps de prendre ses précautions. Quelques-unes des femmes avaient les yeux rougis.

— Personne n'était en mer, j'espère ? demanda le commandant.

— Non, pas quand ça a commencé à être vraiment vilain. Le Seigneur devait nous regarder de là-haut, par un petit trou.

— Remercions le ciel ! s'exclama pépé.

Mais le propriétaire de la plus grande des plages privées l'entendit et se tourna vers lui, en rage :

— Ah ! C'est facile de remercier quand ce sont les autres qui ont subi des dégâts ! Moi, je me retrouve avec la moitié de mes cabines à réparer ou même à reconstruire, en plein milieu de la saison des bains !

Une vieille dame, à ses côtés, éclata en sanglots, de colère et de chagrin :

— Et nous, pauvres de nous, la mer nous a volé nos filets de pêche ! C'est notre pain, nos filets, est-ce que vous vous rendez compte ?

— Bien sûr que je me rends compte, répondit l'homme. Mon père était pêcheur, et moi aussi, quand j'étais jeune ; vous l'avez oublié, Maria ?

Il s'était calmé, il conclut :

— Qu'est-ce que vous voulez faire ? Vent et mer sont maux amers.

Il n'y avait rien à ajouter.

Avant la fin de la matinée, Annetta répéta elle-même ce proverbe, avec résignation, en regardant le gros tas de cailloux et d'algues puantes qui avait remplacé la plage libre. Elle était allée là-bas jeter un coup d'œil, en compagnie de Catainetta.

Elle aperçut alors, au sommet des galets, quelque chose qui attira sa curiosité : un drôle d'œuf rouge pourvu de deux bandes grises sur le côté, de la taille d'une noix de coco.

— Comme c'est joli ! Qu'est-ce que ça peut être ? demanda Annetta.

— Une brique, tiens ! Ces traits gris, c'est le ciment. Ça doit être tombé d'un mur cassé. La mer lui a fait prendre cette forme ronde à force de le faire rouler en avant et en arrière.

Elle sauta du muret sur le tas et en ramena l'œuf rouge qu'elle tendit à Annetta.

— Tiens, prends-le, si ça te plaît. Tu peux t'en servir pour tenir ton livre ouvert, toi qui lis tout le temps.

L'océan, même furieux, pouvait donc aussi faire des cadeaux. Annetta sut tout de suite qu'elle garderait le sien pour toujours, ne serait-ce qu'en souvenir de Catainetta.

11. Rosina relève la tête

Si l'idée lui était venue de garder un souvenir de son amie, c'était qu'elle voyait s'approcher le jour où elle allait devoir la quitter. Autrement dit, le jour de son retour à la maison, même si pour l'instant elle avait encore de longues vacances devant elle*.

Après la tempête, le beau temps était revenu. Les hommes du village avaient reconstitué les plages, en répartissant les galets entassés près du muret à l'aide de grandes pelles. On réparait les cabines et les

---

* En Italie, les vacances d'été durent trois mois. En revanche, il n'y a pas de « petites » vacances à la Toussaint ou en février.

barques endommagées, et on reconstruisait celles qui avaient été complètement détruites.

Pour aider les plus pauvres parmi les victimes de la tempête, le commandant avait organisé une collecte avec quelques amis. Il savait comment s'y prendre pour obliger ceux qui en avaient les moyens à débourser une somme conséquente. Il restait tout simplement planté devant eux sans rien dire, en les regardant fixement, aussi longtemps que nécessaire. Soupirant ou grommelant, les gens finissaient toujours par mettre la main au porte-monnaie.

La mer avait recommencé à étaler ses festons d'écume sur le sable. Pépé la regardait de travers.

— C'est ça, fais l'innocente, tiens ! avait-il grogné une fois avant de disparaître derrière son journal.

De nouveau, donc, la plage, les barques, les vacances, un soleil éclatant — même si, en y prêtant attention, on pouvait remarquer que les ombres s'étaient allongées. Balletta avait appris à marcher à quatre pattes, et sa sœur le ramenait à la maison de plus en plus tôt.

— Ce n'est plus possible, il ne reste plus en place ! Un de ces jours, je vais le retrouver à Gênes ! J'ai seulement deux yeux, moi !

Dans son potager, pépé mettait en bocaux les dernières tomates séchées.

— Après cette caisse, je n'en ferai plus. Il fait trop humide, le soir.

D'un jour à l'autre, les belles courgettes vertes s'étaient transformées en drôles de courges jaunâtres. La saison était terminée. Pépé faisait sécher les graines.

— Je les replanterai l'année prochaine.

« L'année prochaine » : une expression qu'Annetta n'aimait pas entendre. Elle se demandait si elle les verrait un jour, ces futures courgettes.

Alors qu'elle l'avait allégrement oubliée pendant les premières semaines de vacances, elle avait dû tourner à nouveau ses pensées vers l'école. C'était grand-mère qui la lui avait remise en mémoire dans sa lettre en réponse à celle envoyée via Palmira, celle qui parlait des malheurs du chat et du fait que pépé voulait la garder encore un peu à Borghetto. Grand-mère n'avait fait aucun commentaire à ce sujet, mais elle avait laissé tomber une suggestion :

« Tu devrais demander qu'on te procure un cahier de vacances, pour ne pas oublier tout ce que tu as appris au cours de l'année. »

Annetta n'avait rien demandé à personne, elle avait cherché toute seule, comme elle en avait désormais l'habitude. Elle s'était rendue à la papeterie avec l'argent qui lui restait sur ce que pépé lui donnait régulièrement, sans jamais l'interroger sur l'emploi qu'elle en faisait. Elle y avait trouvé un petit livre fin, laid, presque totalement dépourvu d'images.

— Tu as de la chance, c'est l'un des derniers ! avait déclaré le papetier.

Avec diligence, Rosina (quand elle était ainsi occupée, elle était toujours Rosina) avait rempli la carte vierge avec le nom des régions, avait répondu aux questions sur la rencontre de Teano entre le roi et Garibaldi, avait conjugué des verbes, résolu des opérations.

Malheureusement, grand-mère n'était pas là pour corriger ses exercices, et il n'était pas certain que pépé ait toutes les compétences requises, surtout en grammaire. En revanche, il était excellent pour tout ce qui touchait au calcul ; il faisait les opérations de mémoire, et la grondait quand elle se trompait.

— Grand-mère aussi se trompe, parfois ; ça arrive ! se défendit-elle un jour. Après, elle refait l'opération et elle obtient un autre résultat. Elle met ça sur le compte de la nervosité.

Pépé ne répliqua pas. Soudain, Annetta eut

le courage de lui poser la question qui lui trottait dans la tête depuis si longtemps :

— Dis-moi, à propos de nervosité, quand est-ce que vous vous êtes disputés, grand-mère et toi ?

La réponse vint immédiatement, rapide comme un coup de feu (une comparaison digne d'un livre d'aventures) :

— Jamais. Cela n'a jamais été nécessaire.

Il fit une pause et en profita pour bourrer et allumer sa pipe. Annetta attendit patiemment. Après une première bouffée, il reprit :

— Nous nous comprenions à merveille. J'ai tout de suite remarqué que je l'agaçais dès que j'ouvrais la bouche, même si c'était pour y mettre ma pipe. J'ai donc évité de me mettre sur son chemin. Le monde est grand, ce n'est pas la peine de se marcher sur les pieds les uns les autres.

Annetta trouva étrange, et encore plus triste, l'idée qu'ils fussent ennemis sans même s'être jamais disputés.

Et pourtant, ils étaient ennemis, cela ne faisait pas l'ombre d'un doute. Sinon pépé n'aurait pas « évité de se mettre sur son chemin », comme il disait, pendant toutes ces années. Et grand-mère ne se serait pas abstenue de le nommer, comme elle le faisait pour les personnes ou les choses qui la dérangeaient.

Annetta se souvint que pépé avait dit à Palmira que c'était à son tour de garder « la petite », puisque grand-mère l'avait eue pendant six ans. Pourquoi n'était-il jamais venu en discuter avec elle ?

Elle lui posa la question :

— Mais si tu en avais envie, pourquoi est-ce que tu n'as pas demandé à grand-mère de me garder ?

— C'était plus logique que ce soit elle qui s'occupe de toi, tant que tu étais petite. Ton autre grand-mère, cette bonne âme qui a failli devenir folle de joie à ta naissance, était déjà morte ; et moi je naviguais encore, au début. À qui est-ce que j'aurais pu te laisser ? Je n'avais aucune raison de te réclamer. Je savais que ta grand-mère conviendrait parfaitement à la tâche, et que tu étais dans de bonnes mains.

— Ah, tu le reconnais, au moins !

— Ensuite... je te l'ai déjà dit une fois, j'ai laissé les choses s'enliser... Enfin, bref, je n'ai jamais eu le courage de venir vous déranger.

Il changea de sujet :

— Au fait, à propos de déranger, tu ne crois pas que tu pourrais mettre un peu d'ordre dans ta chambre ? Tes chaussures sont en plein milieu de la pièce, il y a des vêtements par terre, des livres un peu partout... Mets-les en pile, au moins, et profites-en pour les dépoussiérer !

— À vos ordres, commandant !

Pendant qu'elle s'exécutait, elle se mit à réfléchir sur ce qu'elle venait d'entendre : que c'était plus logique que ce soit grand-mère qui la garde tant qu'elle était petite. Et maintenant qu'elle était presque grande ? Combien de temps pépé allait-il vouloir la garder, pour être à égalité ?

Six ans ?

Ce n'était pas possible. Cela lui faisait froid dans le dos rien que d'y penser.

Une autre chose lui faisait froid dans le dos, c'était que pépé ait utilisé le verbe « convenir », l'un des mots préférés de grand-mère. Dans sa dernière lettre, elle avait encore écrit : « Tu me parles souvent de cette Catainetta. Es-tu certaine que ce soit une amie convenable pour toi ? »

Annetta ne s'était jamais posé la question. Catainetta était Catainetta, un point c'est tout. Et elle savait faire tant de choses ! Elle allumait le feu toute seule, en cassant les bouts de bois sur ses genoux ; elle y plaçait la grosse marmite de soupe, et elle faisait bien d'autres choses encore, dans sa cuisine au plafond bas et arrondi comme une voile. Annetta y était allée plusieurs fois, et elle avait admiré les tamis accrochés au mur, les louches à côté du réservoir d'eau, les briques douces du sol. Mais, surtout, elle avait observé son amie, qui se débrouillait si bien que c'était un plaisir de la regarder. Elle décida de répondre à sa grand-mère, dans sa prochaine lettre, « Catainetta est très gentille et elle m'aime beaucoup », sans se laisser aller à des considérations sur ce qui était convenable et ce qui ne l'était pas.

En pensant à tout cela, l'idée lui vint d'aller confier ses doutes à son amie.

— J'ai terminé, commandant ! Est-ce que je peux descendre à Bas-Borghetto ?

Il accepta, bien sûr. Il était content qu'elle fût devenue aussi indépendante.

Catainetta n'était pas sur la plage. Annetta décida d'aller lui rendre visite chez elle. Elle la trouva en train d'arroser le sol pour qu'il fasse moins de poussière, tout en chantonnant une chanson pour le plus grand plaisir de Balletta qui se dandinait dans un coin. Leur mère était partie faire les courses. C'était l'occasion ou jamais.

— Dis, attaqua-t-elle, tu crois que pépé a l'intention de me garder ici même après la rentrée ? Il ne m'en parle jamais, mais je me demande ce qu'il a dans la tête.

— Je ne sais pas.

Catainetta secoua ses boucles brunes, tout excitée :

— Mais ce serait formidable ! Tu sais, je vais encore aller à l'école pendant une année entière. Papa dit que c'est du temps perdu, mais maman y tient.

Elles discutèrent longtemps d'un hypothétique avenir où elles seraient camarades de classe, au point que Catainetta commença réellement à y croire. Mais Annetta lui fit jurer, croix de bois croix de fer, de n'en parler à personne. Il fallait qu'elle y réfléchisse un peu avant de décider si l'idée lui plaisait ou pas.

D'un côté, elle lui plaisait, bien sûr. Elle se voyait déjà assise à côté de Catainetta, dans une salle de classe au bas plafond. Elle se demandait comment serait le potager de pépé, en hiver, quand toutes les plantes auraient séché. Elle s'imaginait vivre à Borghetto quand il ferait froid. Morgan passerait certainement bien plus de temps à la maison. Il s'installerait à côté d'elle quand elle ferait ses devoirs.

Mais pendant que la pensée d'Annetta vagabondait ainsi, Rosina se rappelait son ancienne école, ses camarades de classe, sa grand-mère, le jardin, Palmira, Pippetto et Clementina.

De temps en temps, sans raison, elle avait un petit sursaut intérieur, comme si son cœur avait trébuché. Sans prévenir, un souvenir avait affleuré : celui de Pippetto tirant avec son bec sur une feuille de laitue glissée entre deux barreaux de sa cage, ou celui de grand-mère descendant rapidement dans le jardin en chantant un air d'opéra, ou celui de son livre de contes, aux illustrations belles et vivantes comme des photographies.

Peut-être aurait-elle eu moins de réminiscences si elle avait eu la certitude de retrouver tout cela bientôt. Mais pépé continuait à ne souffler mot d'un départ possible.

— Il veut te faire la surprise, disait Catainetta, le visage rayonnant de malice et de gaieté. Tu verras, tu verras !

Mais Annetta ne voyait rien du tout, et elle se décida un jour à briser la glace avec une remarque faussement spontanée :

— Je serai bien contente, quand l'école recommencera, de revoir Gigetta, Luisa et mes autres amies ! J'ai l'impression qu'un siècle s'est écoulé depuis le jour où je suis partie pour l'orphelinat !

Pour toute réponse, le silence. Non, même pas : pépé se mit à chanter plus fort que d'habitude, comme pour ne pas la laisser poursuivre ; peu après, il alla dans sa chambre et ferma la porte.

Était-il simplement allé se laver ? Ou bien refusait-il de l'écouter parce qu'il avait d'ores et déjà décidé de l'inscrire à l'école à Borghetto ? Que penser ? Annetta n'était pas plus avancée.

En attendant, cet été qui avait semblé éternel était bel et bien en train de se terminer. La nuit tombait plus tôt. Les couchers de soleil étaient spectaculaires, avec des nuages rouges, orange, roses. Les baigneurs se faisaient rares. Et Annetta avait presque terminé son cahier de vacances, alors qu'elle s'y était mise relativement tard.

— C'est bientôt la saison du raisin ! déclarait Catainetta, ravie.

Le raisin ne coûtait pas cher et elle adorait ça. Mais cela ne l'empêchait pas d'être un peu mélancolique face à cet été qui s'enfuyait.

Au milieu du potager trônait désormais un potiron tellement gros, rond et coloré qu'il ressemblait à un petit cochon.

— Il n'aura pas beaucoup de goût, déclara pépé, je connais le genre. Mais il faut reconnaître qu'il fait de l'effet !

Nombreux furent ceux qui vinrent l'admirer avec force exclamations :

— Bravo, commandant !

— On peut dire que vous avez la main verte !

— Mais dites-moi, c'est un petit cochon, pas un potiron !

— Si, si, c'est bien un potiron, répondait-il, faussement modeste, alors qu'il l'avait cultivé exprès pour recevoir des compliments.

Annetta était contente pour lui ; mais Rosina continuait à pousser pour sortir, de plus en plus fort, au point qu'elle avait envie de protester : « Laisse-moi tranquille ! Nous sommes encore en vacances, après tout ! »

Mais c'était Rosina qui avait raison. Elle ne pouvait pas attendre la fin des vacances pour prendre une résolution. Et elle ne pouvait pas non plus laisser pépé tout planifier à sa place, son école, son village, ses amis, sans piper mot. Ça n'aurait pas été juste.

Elle s'aperçut alors qu'elle avait déjà pris sa décision, presque malgré elle. Dans un sens, elle en était désolée, mais elle savait qu'elle ne changerait pas d'avis. Elle en était si bien convaincue qu'elle ne voulut pas même risquer d'en parler à pépé. Le commandant avait l'habitude d'être obéi, et s'il avait su ce qui lui tournait dans la tête il aurait risqué d'y mettre un point final.

Pour commencer, elle fouilla dans les poches de ses vêtements, dans les tiroirs et dans la petite assiette sous le bougeoir pour rassembler tout l'argent qui lui restait. Annetta avait toujours quelque chose en train — un livre à terminer, un potager à arroser, une promenade à faire — et prenait donc rarement le temps de ranger. Quant à Rosina, elle n'en avait jamais pris l'habitude, se reposant sur les services de Palmira.

Elle compta les pièces qu'elle avait trouvées. Ce n'était pas une grosse somme, mais c'était peut-être suffisant. Elle les mit de côté et descendit trouver Catainetta, comme d'habitude. Aujourd'hui était encore un jour comme un autre. Son grand projet était pour demain.

Elles restèrent quelque temps sur la plage, discutant et jouant avec Balletta. Elles ne parlèrent pas de la rentrée. Annetta avait presque envie de mener la conversation sur ce terrain, mais elle craignit d'en dire trop et s'abstint. Elle hasarda seulement :

— Tu sais, demain je ne pourrai pas venir.

Elle s'attendait à une question. Elle aurait dit la vérité, en lui faisant jurer le secret, croix de bois croix de fer. Mais c'était l'heure de rentrer à la maison, et Catainetta avait la tête ailleurs ; elle ne demanda rien.

— Bon, eh bien, au revoir, fit Annetta.

Elle sentit les larmes lui monter aux yeux et s'enfuit avant que quelqu'un ne s'en aperçoive.

Au moins, cette fois-ci, personne ne pourrait dire qu'elle avait quitté une amie sans même la saluer.

12. Comme David Copperfield

Elle se réveilla avec les idées bien claires sur ce qu'elle devait faire ce jour-là. Elle avait dormi toute la nuit, mais son sommeil, léger, n'avait pas empêché ses pensées de travailler.

La lumière indiquait qu'il était plus tôt que d'habitude. Elle se leva tout de même. Elle entendait pépé, matinal comme toujours, aller et venir dans la cuisine. Autant profiter au maximum des derniers moments qui lui restaient auprès de lui.

— Il y a du pain frais, annonça-t-il ; je reviens de chez le boulanger. Je t'ai réveillée ?

— Non, non.

C'était vrai. Ce n'était pas le bruit qu'il avait fait qui l'avait réveillée, juste cette idée fixe dont il ne soupçonnait même pas l'existence. Annetta eut honte de ce qu'elle allait faire.

— Je n'ai pas acheté de lait, celui d'hier est encore bon. Il se garde mieux maintenant qu'il fait moins chaud.

— Je n'ai pas très faim.

— Mange quand même. Sans carburant, une automobile ne va pas très loin.

Il avait raison. Et aujourd'hui, Annetta avait l'intention d'aller plus loin qu'il ne pensait.

Après le petit déjeuner, pépé se mit à la fenêtre pour regarder le temps qu'il faisait. Annetta le rejoignit.

La mer était couverte de petits serpents d'argent. C'était la cime des vagues, l'une derrière l'autre, aussi loin qu'on puisse voir. Le ciel était un peu voilé, avec une lumière blanche qui tirait sur le rouge.

— Rouge le matin, l'orage est en chemin, fit remarquer Annetta. Tant pis, même s'il y a un peu de vent je descendrai quand même à la plage. Toi, tu peux toujours rester ici, par contre.

— C'est toi qui dis qu'il va y avoir de l'orage, rétorqua pépé. Pour ce qui est de descendre ou non, je déciderai le moment venu.

Cela inquiéta un peu Annetta. Mais, au fond, ce n'était pas bien grave : même s'il descendait sur la place et ne la voyait pas au bord de la mer, il penserait certainement qu'elle était chez Catainetta.

Elle n'avait aucuns bagages à préparer : elle ne pouvait pas quitter la maison avec une valise à la main ! Elle ne voulait pas non plus laisser un mot : si pépé le découvrait trop tôt, son projet tomberait à l'eau. Elle se contenta de refaire son lit, inutilement, puisqu'elle n'y dormirait pas la nuit suivante. Puis elle se mit à la recherche de Morgan, qu'elle tenait à voir une dernière fois. Où était-il ?

— Pépé, tu as vu Morgan ?

— Non. Mais il est sûrement quelque part dans la maison.

— Je ne le trouve nulle part !

— C'est grave ? Tu as absolument besoin de le voir juste maintenant ?

Elle ne répondit pas et finit par retrouver l'animal au fond du potager, face à un autre chat. Leur attitude était belliqueuse ; de temps en temps Morgan poussait un drôle de grognement, comme pour dire « si j'étais toi, je tournerais les talons », et l'autre répondait par un miaulement insolent signifiant clairement « essaie un peu de me chasser, pour voir ».

Mais avant que les choses ne tournent mal, tous deux tournaient la tête et faisaient semblant de se laisser distraire par autre chose.

— Adieu, Morgan ! fit Annetta avec une dernière caresse. Je dois partir, tu sais ?

Il ne l'écouta pas. Il avait d'autres soucis en tête.

En retournant dans la maison, Annetta passa aussi la main sur la peau si lisse du potiron-cochon.

Il fallait encore dire au revoir à pépé. C'était le plus difficile. Elle aurait pu rester encore un peu : comme l'avait fait remarquer pépé il y a si longtemps, il y en avait beaucoup, des trains. Mais elle était tellement agitée qu'elle préférait agir vite.

Elle s'était habillée comme tous les jours, avec un maillot à rayures, pour passer inaperçue ; elle mit aussi son chapeau en toile : tête nue, elle aurait eu l'air d'une fugueuse... Dans la poche de sa jupe bleue, elle fourra les pièces de monnaie qu'elle avait rassemblées la veille, tout en craignant que pépé ne les voie à travers le tissu.

— Bon, eh bien, je m'en vais.

Se sentant plus traîtresse que jamais, elle lui donna un petit baiser, moitié sur le nez moitié sur la joue. Puis elle quitta la maison.

Elle fit la descente par petits bonds, ce qui était la manière la plus rapide d'arriver en bas sans se rompre le cou. Elle avait l'impression que toutes les fenêtres dissimulaient des regards curieux. Elle s'attendait presque qu'un voisin se penche et lui demande : « Oh, Nettin ! Où est-ce que tu cours comme ça ? » Aurait-elle eu le courage de répondre : « À la plage, comme d'habitude » ? Elle n'en était pas certaine. Mais personne ne lui posa la moindre question.

Elle se souvint de David Copperfield, qui s'était échappé, lui aussi, et avec succès. Il avait retrouvé sa vieille tante dans son jardin, et il était redevenu un monsieur distingué. C'était une pensée encourageante.

Arrivée en bas, elle traversa le village pour aller vers la gare. Elle connaissait de vue toutes les personnes qu'elle rencontrait, et elle dut les saluer en passant. Mais elle ne vit pas Catainetta.

Elle était désormais habituée à circuler sans être accompagnée par un adulte et ce court trajet ne lui posa aucun problème. L'angoisse ne la saisit qu'une fois arrivée à la gare, quand elle prit sa place dans la queue devant le guichet.

Et si l'employé avait trouvé bizarre qu'une

enfant voyage seule ? Et s'il lui avait dit, sourcils froncés, qu'elle n'avait pas assez d'argent pour un billet, même en troisième classe ? Et s'il lui avait posé des questions indiscrètes, avec une moue suspicieuse derrière ses moustaches ?

Dans ce cas-là, il ne lui resterait plus qu'à rentrer chez pépé. Fin de l'aventure. Retour en arrière pour David Copperfield. Cette idée la remplit par avance d'une grande déception mais aussi d'un immense soulagement. Rien ne s'était passé ; elle pouvait aller à la plage, chercher son amie, et plus tard remonter à Haut-Borghetto comme n'importe quel autre jour. Elle pouvait rester avec Morgan, avec Catainetta, avec pépé, et laisser ce dernier prendre la décision qu'il voulait : quelle idée reposante ! Et à grand-mère elle aurait toujours pu dire, un jour : « Ce n'est pas ma faute : j'ai essayé de revenir, mais je n'ai pas réussi. »

Mais l'employé ne fit aucune difficulté ; il la regarda à peine. Des filles plus petites qu'elle faisaient des courses, ramenaient du pain, du lait, du vin, puis tricotaient, ou surveillaient leurs jeunes frères et sœurs. Peut-être n'était-ce pas si étrange d'en voir une, à l'occasion, voyager seule.

Elle avait juste assez d'argent ; il lui resta même quelques centimes. Elle les mit dans sa poche avec le billet, en prenant le temps de les mettre bien au fond, pour qu'ils ne tombent pas. Une dame chargée d'un gros panier qui se trouvait derrière elle dans la queue la poussa sur le côté, sans brutalité mais avec impatience.

— Tu es venue acheter un billet pour ta maman ? demanda-t-elle, curieuse.

Annetta répondit par un « Hum » qui pouvait passer pour un oui, et s'éloigna, s'efforçant de disparaître parmi les rares voyageurs.

Ç'aurait été trop demander que de trouver le bon train déjà sur le quai. Il n'y avait que l'odeur de la fumée de ceux qui venaient de passer, et le silence qui règne sur les petites gares. Puis une cloche se mit à sonner frénétiquement. Un train rapide passa sans s'arrêter. Ensuite, ce fut au tour d'un interminable train de marchandises. Annetta s'était placée juste à côté d'une famille de quatre ou cinq personnes, en essayant de donner l'impression qu'elle en faisait partie. Elle passait son temps à regarder vers la sortie. Elle craignait à tout instant de voir arriver pépé. Elle se l'imaginait très bien, furibond, allongeant sa jambe détraquée, la figure rouge, avec à la main une pipe éteinte qu'il n'aurait pas pris le temps de rallumer.

Mais on commença à apercevoir, de loin, la fumée d'un train. Cette fois-ci, c'était bien un train pour la ville. Pas moyen de se tromper, la famille près de qui elle était répéta plusieurs fois la destination.

Seuls deux d'entre eux partirent : un jeune garçon et un vieux monsieur. Les autres n'étaient venus que pour les accompagner. Ils montèrent en deuxième classe ; Annetta dut courir pour rejoindre les wagons de troisième classe.

La dame au panier qui l'avait interpellée tout à l'heure l'aida gentiment à monter les énormes marches, puis s'installa à l'une des nombreuses places libres et battit du plat de la main sur le siège en bois à côté d'elle pour montrer qu'il était disponible. Annetta fit semblant de ne pas avoir vu son geste. Elle alla un peu plus loin et eut la chance de découvrir une place à côté de la fenêtre. Si elle passait son temps à regarder à l'extérieur, le risque qu'on lui pose des questions indiscrètes diminuait considérablement.

Le train se mit en marche. Jusqu'à la dernière seconde, Annetta surveilla la porte de la gare. Aucune figure connue n'apparut. Pépé ne lui courait pas après. Tant mieux. Malgré tout, elle fut saisie d'une certaine tristesse.

C'était, à l'envers, exactement le même voyage que celui qu'elle avait fait pour venir à Borghetto en compagnie de ce commandant qu'elle n'avait jamais vu. Mais, cette fois-ci, elle était assise du côté de la mer. Entre deux tunnels, elle pouvait la contempler toute à son aise, infinie, éblouissante. Quoi qu'en dise le proverbe, l'orage était loin d'être en chemin : la journée était splendide.

Ta-toum, ta-toum, ta-toum, ta-toum, ta-toum, faisait le train, quand il n'était pas arrêté dans une gare. Cette litanie la calmait, comme à l'église, quand les voisines de pépé enfilaient un ave maria après l'autre. Sur le rythme apaisant de ce ta-toum, ta-toum, Annetta était pourtant bel et bien en train de s'enfuir ; mais comme c'était pour retourner chez grand-mère, elle considérait que ce n'était pas une vraie fugue.

De temps en temps, son cœur se serrait en pensant à Catainetta qui ignorait encore qu'elle était partie. Mais, tout de suite après, elle pensait aux amies qu'elle allait enfin retrouver, et elle en avait comme un sursaut de joie.

Ta-toum, ta-toum, ta-toum. Elle ne pensait

plus à rien, elle regardait seulement le paysage qui changeait continuellement. Une ville qui ressemblait à un château, avec des tours et des murailles. Un petit village avec une église décorée comme un gâteau au glaçage invitant. Un parc en pente, avec d'immenses pins penchés vers la mer.

Puis de nouveau des gares, l'obscurité des tunnels, et quand on en sortait, d'un seul coup une lumière éclatante, des plages, des écueils, des vagues, des mouettes.

— Tu voyages toute seule, ma petite ?

Oh ! Non ! Au moment où elle s'y attendait le moins, voilà qu'on lui posait la question fatale ! Ses yeux ahuris se posèrent sur le contrôleur, et pendant quelques secondes elle eut l'air d'être tombée du ciel. Mais elle se ressaisit et trouva tout de suite son billet ainsi que la réponse à faire :

— Je suis presque arrivée, maintenant.

C'était vrai, elle l'avait compris d'après le nom des gares par lesquelles le train était passé. Maintenant qu'elle savait où elle allait, c'était devenu un voyage très court.

Une fois à destination, elle sortit de la gare surpeuplée aussi vite que possible. Pour aller à la maison, la meilleure solution était de prendre le tram. Mais les quelques centimes qui lui restaient étaient-ils suffisants pour acheter un billet ? Elle n'en avait pas la moindre idée. À Borghetto, Annetta savait se débrouiller comme une grande ; mais en ville, Rosina, qui n'était jamais sortie toute seule, ne montrait aucun sens pratique. Une vraie gourde, cette Rosina !

Elle se mit en route à pied. Elle connaissait le chemin, et pas seulement pour l'avoir fait dans l'autre sens avec pépé : c'était la route qu'elle empruntait en tram, quelquefois en fiacre, quand elle venait en ville avec grand-mère pour rendre visite à quelqu'un ou pour faire des achats importants.

C'était un long chemin, qui montait vers la colline par des routes larges et pentues. Bien vite, Annetta se sentit transpirer. La jupe lui collait aux jambes, et de temps en temps, avec impatience, elle tirait dessus pour la détacher. Mais elle ne ralentit pas. Elle pensait à David Copperfield, qui s'était rendu chez sa tante à pied : il lui avait fallu une semaine. Elle, au moins, avait pu prendre le train. Il était arrivé couvert de sueur, de poussière, exténué, les pieds meurtris... mais héroïque. Elle aussi se sentait héroïque.

Finalement, elle arriva en vue de son village, ou plutôt de son quartier, puisqu'il faisait déjà presque partie de la ville. À partir de là, elle reconnut chaque maison, chaque magasin, chaque jardin. Et chaque personne qu'elle rencontra. Mais personne ne la reconnut, elle. Ce n'était pas étonnant : elle était habillée différemment, coiffée différemment, et elle avait aussi beaucoup grandi.

La dernière montée fut difficile, car à l'essoufflement dû à la longue marche s'était ajoutée une émotion qui lui faisait battre le cœur. Mais cela fut court. Voici le portail du jardin de Giampiero. Le suivant était le sien.

Elle s'arrêta quelques instants, mais son rythme cardiaque ne ralentit pas. Elle ouvrit le portail et entra dans le jardin.

La première chose qu'elle vit fut grand-mère, pliée en deux, en train de bêcher la terre autour des fleurs. Exactement comme plusieurs mois plus tôt, avant la fracture, avant l'orphelinat, avant Borghetto. Mais le temps avait passé : les fleurs étaient déjà celles de l'automne, des asters violets, des zinnias orange, jaunes et rouges.

— Grand-mère !

Folle de joie, elle voulut courir l'embrasser. Mais grand-mère se redressa brusquement et la dévisagea en tremblant comme une feuille au vent.

— Grand-mère, c'est moi ! cria-t-elle de nouveau.

Elle n'osa pas l'embrasser, ni même la toucher, de peur de la faire tomber, comme la vieille tante de David Copperfield qui s'était retrouvée assise sur ses plates-bandes. Et si elle s'évanouissait ? C'était sa spécialité, après tout.

— Grand-mère, ne t'évanouis pas, surtout ! Je suis désolée si je t'ai fait peur. Mais ne t'inquiète pas, tout va bien !

La vielle dame secoua lentement la tête ; puis, sans la quitter des yeux, elle chercha à tâtons derrière elle, trouva le banc et s'assit prudemment.

Seulement alors, elle ouvrit la bouche.

— Rosina !

C'est vrai, ici elle redevenait Rosina. C'était comme ça et pas autrement.

Rosina ! Dans quel état tu es !

Réflexion faite, grand-mère n'avait pas du tout l'air de vouloir s'évanouir. Au contraire, elle était bien réveillée, et toute prête à critiquer !

Rosina se rendit compte qu'elle n'était effectivement pas très présentable : la figure rouge, couverte de poussière, décoiffée, son chapeau de travers...

— C'est parce que je suis venue à pied depuis la gare, admit-elle. Je suis en nage !

Elle tira sur sa jupe tachée de transpiration :

— Regarde ! On dirait que je me suis fait pipi dessus !

Immédiatement, elle aurait voulu se mordre la langue en voyant grand-mère se raidir, la bouche serrée, comme quelqu'un qui refuse de répondre à ce qu'elle vient d'entendre, qui refuse de l'avoir entendu, en fait. Mais qu'est-ce qui lui avait pris d'utiliser justement cette phrase de pépé au moment de ses retrouvailles avec grand-mère, alors qu'elle savait si bien que cette dernière n'appréciait pas la vulgarité ? Certes, quand pépé disait quelque chose du genre, ça ne semblait pas du tout vulgaire, juste naturel, mais ce n'était pas le moment de se mettre à expliquer la distinction. Elle passa donc tout de suite à la nouvelle la plus importante :

— Je suis revenue, tu n'es pas contente ?

— Mais tu n'as même pas une petite valise avec les choses indispensables ? Et où est ton grand-père, ou la personne qui t'a accompagnée, s'il n'a pas pu ou voulu le faire lui-même ? Pourquoi cette personne ne s'est-elle pas présentée ?

Après tous ces mois de séparation, Rosina s'était attendue à des câlins, des mots doux, de la joie ; et voilà qu'en fait elle avait droit à un interrogatoire en bonne et due forme. Mal à l'aise, elle frotta un pied contre l'autre jambe, puis décida de tout avouer tout de suite :

— Personne ne m'a accompagnée. Mais surtout, ne t'inquiète pas, à Borghetto j'ai pris l'habitude de me promener toute seule.

Avec un peu de chance, cet argument pourrait être utilisé le jour où elle demanderait à aller à l'école toute seule. Elle poursuivit :

— C'est moi qui ai eu l'idée de prendre le train. J'avais peur que pépé ne veuille m'inscrire à l'école là-bas, alors je suis venue sans le lui dire.

Les larmes lui vinrent aux yeux.

— Il sera sûrement triste en voyant que je suis partie.

— Tu veux dire que tu es venue toute seule sans prévenir ? Mais quelle idée ! Le commandant savait très bien que tu devais revenir ici au début de l'année scolaire. Et je n'ai jamais demandé à ce que tes vacances là-bas soient abrégées. Mais qu'est-ce qui t'est venu à l'esprit !

Décidément, on s'éloignait de plus en plus d'une scène de joyeuses retrouvailles.

Grand-mère récupéra sa canne appuyée au bord de la fontaine et se mit en marche vers la maison. Ainsi soutenue, elle se déplaçait rapidement.

— Il faut l'avertir immédiatement. Et lui faire comprendre que ce n'est pas moi qui t'ai incitée à... Un télégramme. Je vais lui envoyer un télégramme. Palmira ! Palmira !

Palmira arriva. Autre déception : elle ne fit presque aucune attention à Rosina. En entendant le mot « télégramme », elle avait à moitié perdu la tête. On n'envoyait un télégramme que pour les nouvelles très importantes, c'est-à-dire, en général, les cas graves ; cela faisait peur rien que d'en entendre parler.

Grand-mère écrivit sur une feuille l'adresse de Borghetto et le texte du télégramme, qu'elle relut à voix haute pour ne pas faire d'erreur : ENFANT VENUE ICI DE SA PROPRE INITIATIVE STOP VA BIEN STOP LETTRE SUIT.

Palmira porta ce message à la poste. Les taches rouges qui lui étaient venues aux joues dans son agitation commençaient tout juste à pâlir.

Grand-mère se leva du bureau où elle s'était installée pour composer le télégramme et alla s'étendre sur la chaise longue pour étirer ses jambes. Elle garda la canne près d'elle. Dans le silence soudain, Rosina remarqua pour la première fois les « cui cui » venant de la cage des canaris.

— Pippetto ! Clementina ! Comme je suis contente de vous voir !

Eux, au moins, lui faisaient fête, volant dans tous les sens, tout excités.

— Viens ici, lui dit grand-mère calmement. Viens que je te regarde.

Rosina s'approcha. Grand-mère lui ôta son chapeau et la dévisagea de la tête aux pieds.

— Tu n'aurais pas dû venir ici toute seule, sans prévenir, répéta-t-elle, mais cette fois avec douceur.

Puis elle lui prit l'une de ses mains dans les siennes et la serra très fort, avec émotion.

— Comme tu as grandi, remarqua-t-elle avec une pointe de mélancolie, comme si elle regrettait tous ces mois passés loin d'elle.

— Tu es plus forte, aussi. La vie au grand air t'a fait du bien, on dirait. Et je ne t'ai jamais vue aussi bronzée !

Encore un silence. Puis elle continua :

— Ça te va bien, cette coiffure avec une frange. C'était une bonne idée. Par contre, ce maillot de marin... Tu ne pouvais pas te mettre la robe que Palmira t'a apportée ?

— Je la mettais pour aller à la messe, expliqua Rosina.

Puis, pour distraire grand-mère, elle commença à lui raconter tout ce qu'elle voulait lui dire depuis si longtemps : les livres de papa, les tâches ménagères qu'elle avait appris à faire, Morgan, le potager, Catainetta...

Grand-mère l'écoutait avec intérêt, en souriant. Rosina en était à l'épisode de l'œuf en brique, qui aurait fait un si joli bibelot si elle n'avait pas dû le laisser là-bas, quand on sonna au portail du jardin.

— Ah, c'est vrai, Palmira n'est pas encore rentrée... Tu veux bien aller voir qui c'est, s'il te plaît ? demanda grand-mère.

Rosina sortit, mais elle n'alla pas jusqu'au portail. La personne qui avait sonné ne l'avait fait que pour prévenir de son arrivée ; elle était déjà entrée dans le jardin, et elle avançait vers la maison à grands pas, malgré sa jambe détraquée.

Car c'était pépé. Rien de moins. Le commandant, en chair, en os, et en veste bleue, dans la maison de grand-mère.

13. La rencontre de Teano*

— Pépé !

Elle était tellement stupéfaite qu'elle ne courut même pas à sa rencontre. Elle resta plantée là, bouche bée, regardant s'approcher cette silhouette qui lui était si familière à Borghetto mais si étrangère ici.

— Ah, fit-il en fronçant les sourcils, je vois que je ne m'étais pas trompé en pensant que je te retrouverais ici !

Et comme elle continuait à ne pouvoir faire

---

* Le titre de ce chapitre fait allusion à la rencontre historique qui eut lieu en octobre 1860 entre le républicain Garibaldi et le roi Vittorio Emmanuele II, au cours de laquelle ces deux anciens ennemis arrivèrent enfin à un accord. Ce fut le premier pas vers l'unité italienne.

un geste, il la prit par le bras et entra sans plus de façons dans le salon en la poussant devant lui.

En les voyant, grand-mère attrapa sa canne et se mit debout.

— Je vous ai envoyé un télégramme, dit-elle avant toute chose, mais bien entendu vous ne pouvez pas l'avoir déjà reçu. J'imagine que vous avez compris par vous-même que la petite ne pouvait être qu'ici.

— Ce n'était pas bien difficile. Où pouvait-elle aller ? Mais j'ai voulu venir vérifier, histoire d'en avoir le cœur net.

— J'espère que vous ne pensez pas que c'est moi qui lui ai conseillé cette démarche. Je n'ai jamais songé à remettre en cause votre droit de la garder pendant les vacances.

— Puisqu'elle y était déjà, vous voulez dire, car si j'avais dû attendre que vous me l'envoyiez spontanément... En tout cas, je vous assure que, de mon côté, je n'avais pas l'intention de forcer la petite à rester à Borghetto. Après tout, c'est vous qui l'avez élevée, je n'irais pas vous l'enlever maintenant.

— Absolument, absolument, confirma presque trop rapidement grand-mère. Je ne comprends pas comment cette enfant a pu s'imaginer...

Pas « Rosina », encore moins « Annetta », mais « cette enfant » ou « la petite », avec un ton qui l'excluait de la conversation. Ils la regardèrent tous deux de travers, en même temps. Au moins, quand il s'agissait de s'en prendre à elle, ils parvenaient à se mettre d'accord.

Elle tenta de se défendre :

— Et comment est-ce que je pouvais savoir si tu allais me renvoyer à la maison ? J'ai essayé de te le demander, et tu ne m'as jamais répondu !

— Je ne trouvais jamais le bon moment, admit pépé. (Il se racla la gorge, puis termina à voix basse :) Ça arrive, de repousser le moment de se lancer dans une conversation désagréable...

Silence. Grand-mère proposa :

— Asseyons-nous donc.

Elle lui donna l'exemple en allant de nouveau étendre sa jambe sur sa chaise longue. Pépé prit un fauteuil et se plaça en face d'elle. Grand-mère l'avait invité à s'asseoir par politesse, il s'efforça de se souvenir également des bonnes manières :

— Vous avez repris des forces, on dirait ?

— Je ne peux pas me plaindre. Et comment donc se porte votre jambe ?

— Je ne peux pas me plaindre.

— Je constate que vous ne vous êtes pas encore résigné à vous servir d'une canne, dit-elle d'un ton détaché. Cela rend bien des services, vous savez.

Elle avait toujours aimé donner des conseils. Mais pépé, lui, ne tenait pas à en recevoir :

— À Borghetto je n'en ai pas besoin. Je sais toujours où m'agripper.

Ils restèrent un moment sans parler, en se dévisageant avec méfiance. Cela rappelait un peu la scène dans le potager entre Morgan et l'autre chat ; ou encore la rencontre de Teano, comme elle est représentée dans les livres d'histoire, avec le roi et Garibaldi face à face, sur leurs chevaux respectifs.

— Je sais d'où est venue cette idée stupide selon laquelle je voulais garder la petite malgré elle, reprit pépé. Elles se sont monté la tête, toutes les deux, elle et son amie Catainetta. Ce matin, je suis descendu sur la place, et j'y ai trouvé Catainetta toute seule. Je l'ai interrogée : « Où est Annetta ? » « Elle m'a dit hier qu'elle ne viendrait pas aujourd'hui. » Ah bon, hier ? Ce matin, elle m'avait dit exactement le contraire. Je me suis dit qu'il y avait anguille sous roche. Je l'ai fait parler, et c'est comme ça que j'ai découvert qu'elles s'étaient convaincues que je voulais envoyer la petite à l'école à Borghetto. J'ai compris tout de suite. Je n'ai pas eu le temps de la rattraper à la gare, mais j'ai pris le train suivant.

Rosina s'était assise dans un coin du canapé, sans bouger. Elle intervint timidement :

— C'est vrai que je croyais que tu allais m'envoyer dans la même école que Catainetta. J'aurais été contente d'être avec elle, mais d'un autre côté j'aurais été vraiment triste de ne plus revoir Gigetta et Luisa et Mariangela.

— C'est la seule raison pour laquelle tu voulais revenir ? fit grand-mère.

— Non, bien sûr, ajouta-t-elle précipitamment, toi aussi tu m'aurais manqué !

— Merci bien !

L'un des angles de la bouche de pépé se souleva dans un petit sourire.

— Nous, les vieux, nous ne pouvons pas espérer être le centre du monde pour nos petits-enfants !

Grand-mère se raidit. Rosina comprit qu'elle n'appréciait pas d'être comprise dans l'expression « nous, les vieux ».

Le climat de la rencontre menaçait de tourner à la tempête. Le roi et Garibaldi se lançaient des regards noirs. À la rigueur, il valait mieux qu'ils lui lancent des regards noirs, à elle. Elle chercha désespérément à ramener la discussion à son point de départ :

— Du coup, je me suis enfuie.

Mais pépé ne réagit pas du tout comme prévu. Loin de se fâcher, il étouffa un petit rire et lâcha une phrase qu'elle ne comprit pas :

— Bon sang ne peut mentir !

Ces paroles mystérieuses eurent un effet prodigieux sur grand-mère. Elle se leva d'un bond, sans l'aide de sa canne.

— Je vous interdis de faire des insinuations pareilles au sujet de ma malheureuse enfant ! Et devant cette petite, en plus !

Cela devenait vraiment dangereux. Pépé allait s'énerver, grand-mère lui répondrait avec la voix tranchante qu'elle savait occasionnellement adopter, et voilà. Le roi et Garibaldi se tourneraient le dos, et adieu l'unité italienne !

Mais pépé resta calme. Il répondit tranquillement :

— Je n'insinue rien du tout. Je dis clairement, et justement devant cette petite qui a le droit de le savoir, que sa mère s'est enfuie pour épouser mon fils. Elle avait considéré que c'était le seul moyen, puisque vous lui aviez dit et répété que ce jeune homme ne pouvait pas lui convenir.

À ce moment-là, Rosina, ou plutôt Annetta, se sentit très offensée contre grand-mère. De quel droit avait-elle jugé négativement son papa ? Maman avait eu bien raison de n'en faire qu'à sa tête. D'autant plus que sans cela, elle ne serait pas née, elle. Rosina s'attarda quelque temps sur cette idée étrange qu'elle aurait pu ne pas exister, ni ici, ni à Borghetto, ni ailleurs.

Pépé continua à mettre les points sur les i :
— D'autre part, vous devriez réfléchir avant de parler de votre « malheureuse enfant ». Si vous faites allusion à la maladie qui l'a emportée si jeune, alors vous avez entièrement raison. Mais elle a été très heureuse avec mon fils tant qu'ils ont vécu ensemble. Elle allait et venait en chantant à tue-tête ; je me rappelle que ma femme disait dans ses lettres que cela mettait en joie rien que de l'entendre.

— Elle chantait à tue-tête ? balbutia grand-mère d'une voix changée.

Elle prit sa canne sans la regarder et fit quelques pas en direction de la fenêtre.

Rosina, qui la connaissait bien, comprit que

si elle avait dû chercher sa canne à tâtons, c'est parce qu'elle avait les larmes aux yeux. Et maintenant, tout en faisant semblant de regarder le jardin, elle devait être en train de pleurer, à sa manière extrêmement discrète. La preuve, elle avait porté à ses yeux le mouchoir brodé avec ses initiales.

Offensée ou non, Rosina ne pouvait pas la laisser seule en un moment pareil. Elle s'approcha d'elle, lui prit la main et voulut la consoler. Mais avant qu'elle ait eu le temps de trouver quelque chose à dire, Palmira, qui revenait d'envoyer le télégramme, entra dans la pièce. En voyant le commandant, elle se figea net, comme l'avait fait Rosina un peu plus tôt.

— Hé oui, comme vous voyez, j'ai fait vite ! fit pépé, parfaitement sérieux.

Palmira était tout à fait capable de croire, avant d'avoir pris le temps d'y réfléchir, qu'il avait réussi à venir incroyablement rapidement suite au télégramme. Sa maîtresse ne lui laissa pas le temps de se pencher sur la question.

— Palmira, apporte-nous une bouteille de moscato*, et deux verres à vin blanc.

* Vin blanc doux, très sucré.

Elle se tourna vers pépé :

— Vous aimez le moscato, n'est-ce pas ? Je n'ai rien d'autre à vous proposer.

— Ça me va très bien, merci.

Ils se retrouvèrent seuls, une fois de plus. Maintenant qu'elle s'était rapprochée de l'une, Rosina aurait voulu montrer son affection également à l'autre, mais elle craignit que grand-mère ne se sente négligée. Elle se plaça à distance égale des deux, indécise, puis trouva ce qu'il fallait dire pour rassurer pépé :

— Tu sais, c'est vrai que je préfère continuer à aller à l'école ici, où je suis habituée. Mais je pourrais peut-être aller à Borghetto pendant les vacances, même à Noël, par exemple ! Comme ça, on se retrouverait vite, et je pourrais aussi revoir Catainetta et Morgan.

Elle se rendit compte qu'elle devait encore demander la permission et se tourna de l'autre côté :

— Qu'est-ce que tu en penses, grand-mère ?

Ils la regardèrent longuement, ahuris, comme si cette proposition venait d'être faite par un meuble du salon, ou par Pippetto et Clementina. (Mais les canaris n'y songeaient pas : ils ne cessaient de lancer des trilles, comme si de rien n'était.) Les enfants ne pre-

213

naient pas d'initiatives pareilles, d'habitude. Allaient-ils la gronder ?

Le commandant reprit d'un ton décidé :

— Il faut bien reconnaître que nous ne sommes plus tout jeunes, vous et moi. Sans parler de nos petits problèmes de santé. Inutile de pleurer quand il fait soleil parce que la pluie va revenir, mais enfin, un jour ou l'autre il pourrait nous arriver quelque chose. Et il me semble que, pour le bien de la petite, il vaudrait mieux que nous réussissions à nous mettre d'accord.

— Vous oubliez que je ne suis pas seule au monde, dit grand-mère, un peu pincée (en règle générale, elle préférait ne pas aborder ce genre de sujet). Ma sœur serait toujours prête à intervenir, si c'était nécessaire.

— Elle est de l'autre côté de l'océan, votre sœur ! Vous ne croyez pas que ce serait mieux d'avoir une ou deux solutions de rechange ?

— Je ne peux pas vous donner tort, admit grand-mère.

Palmira entra, avec un plateau sur lequel reposaient une bouteille et deux longs verres. Mme Teresa versa le moscato, deux doigts pour elle-même, à ras bord pour le commandant. Et soudain, tous deux se retournèrent en même temps vers leur petite-fille.

— Rosina... commença grand-mère.

— Annetta... fit pépé exactement au même moment.

Ces deux noms différents qui s'entrechoquèrent prirent tout le monde par surprise, y compris Palmira qui resta figée sur le pas de la porte, prête à sortir. Mais l'intéressée vit ce moment d'incertitude — elle eut vraiment l'impression de le voir — comme un espace libre, une possibilité d'intervenir pour dire ce qu'elle avait à dire.

Et elle le dit. Avec le plus grand naturel.

— Je m'appelle Anna Rosa.

Elle ne l'avait jamais pensé. Pas une seule fois. Même pas par hasard. Mais cela lui sembla tout de suite juste, évident. Bien sûr, elle continuerait à être Rosina ici, Annetta à Borghetto. Mais elle eut le sentiment que quelque chose se remettait en place. Clic. C'était fait. Ses deux moitiés s'étaient recollées. Elle ne se sentirait plus jamais divisée.

Grand-mère se remit la première :

— Je voulais dire : va avec Palmira, maintenant.

Il fallait reconnaître qu'elle avait une grande présence d'esprit. Admirable, même.

— Oui, confirma pépé avec à peine un léger

retard, vas-y. J'aurai tout le temps de te dire au revoir avant de repartir.

Ils avaient besoin de se retrouver seuls pour établir les bases de leur relation, après avoir été l'un pour l'autre des inconnus, presque des ennemis, pendant tant d'années. Le roi et Garibaldi aussi, ce jour-là, à Teano, avaient dû parler longuement en chevauchant côte à côte, au pas.

Ma foi, elle était entièrement d'accord pour accompagner la bonne vieille Palmira jusqu'à la cuisine et lui raconter toutes les nouveautés qui s'étaient accumulées pendant les mois précédents. Celle-ci était toujours immobile, sur le pas de la porte. Elle la prit par la main, et elles sortirent de la pièce. Dans le couloir, elles se serrèrent très fort l'une contre l'autre, en riant d'émotion. Elles savaient toutes les deux à quel point ce moment était important. Puis, parmi toutes les choses qu'elle avait à raconter, Rosina, Annetta — Anna Rosa — commença par la dernière :

— Tu sais, Palmira, à partir d'aujourd'hui grand-mère et pépé vont devoir apprendre à s'entendre. Et ils y arriveront.

Et en entrant dans la cuisine elle conclut, satisfaite :

— Parce que je suis là.

Quelques explications pour qui voudrait en savoir davantage...

Il faut se souvenir que dans les années 1920, époque à laquelle se situe ce roman, les modes de vie étaient très différents de ceux d'aujourd'hui. Dans la plupart des foyers, il n'y avait même pas ces commodités qui sont aujourd'hui considérées comme indispensables. Les machines à laver et les réfrigérateurs n'existaient pas. La nourriture était conservée à l'abri des mouches et de la chaleur dans un garde-manger, une petite pièce sombre et bien aérée, mais il arrivait souvent que le lait tourne pendant la nuit. Peu de gens possédaient un tourne-disque, et encore moins une radio. En revanche, on chantait beaucoup plus fréquemment, à la maison, dans la rue, et même au travail ; des chansonnettes, mais aussi des airs d'opéras célèbres. « *E se mi toccano dov'è il mio debole* » de grand-mère est extrait du *Barbier de Séville* de Rossini, tout comme « *Sono il factotum della città* » que chante pépé.

Après la Première Guerre mondiale, beaucoup d'enfants étaient orphelins de père, et il n'était pas rare que les femmes meurent prématurément, suite à un accouchement ou à cause de maladies aujourd'hui guérissables. Voilà pourquoi il y avait tant de pensionnats et d'orphelinats, souvent tenus par des religieuses. Il n'était pas habituel de n'y séjourner que quelques mois, comme cela arrive à Rosina, mais je ne crois pas que ce fut impossible.

L'idée de la fillette aux deux noms et à la double personnalité (jusqu'à un certain point) m'est venue en lisant *Lisa-Betta*, de Giuseppe Fanciulli, un beau roman aujourd'hui oublié. Et, à propos de livres, voici le nom des auteurs de ceux auxquels j'ai fait allusion :

Jules Verne pour *Les Enfants du capitaine Grant*, *Voyage au centre de la Terre*, et *Les Tribulations d'un Chinois en Chine* ;

Emilio Salgari pour *Les Mystères de la*

jungle noire, *Les Tigres de Mompracem*, et *Le Corsaire noir* ;

Frances Hodgson Burnett pour *Le Petit Lord Fauntelroy* ;

Charles Dickens pour *David Copperfield*, un très beau mais très long roman qui était souvent publié en version abrégée pour les enfants.

Table des matières

1. Quand il arriva ce qui arriva 7
2. Quand rien n'était encore arrivé... 25
3. Palmira prend une décision 35
4. Comment on devient orpheline 51
5. Un trimestre en cage 67
6. Un commandant venu de nulle part .. 85
7. À Borghetto 101
8. Sur la plage 123
9. Une visite surprise 143
10. Tempête et calme plat 155
11. Rosina relève la tête 173
12. Comme David Copperfield 187
13. La rencontre de Teano 205
Quelques explications pour qui voudrait
en savoir davantage... 217

Cet
ouvrage,
le mille trente-sixième
de la collection
CASTOR POCHE,
a été achevé d'imprimer
sur les presses de l'imprimerie
Maury Eurolivres
Manchecourt – France
en août 2006

Dépôt légal : septembre 2006.
N° d'édition : L01EJENFP3395N001. Imprimé en France.
ISBN : 208163395-7
ISSN : 0763-4497
Loi n° 49-956 du 16 juillet 1949
sur les publications destinées à la jeunesse